メディアワークス文庫

CEO生駒永久の「検索してはいけない」ネット怪異譚
～IT社長はデータで怪異の謎を解く～

水沢あきと

目　次

ネットロア（ねっとろあ）

「インターネット・フォークロア（英：Internet Folklore）」の略語。

インターネット上で語られる民間伝承（フォークロア）の意味。

古来より人々の集う共同体（コミュニティ）においては、民間伝承――伝説、噂話（うわさばなし）、俗信の類いが盛んに生まれ、伝えられてきた。

そして、一九九〇年代のインターネットの急速な普及は、巨大掲示板をはじめとした、地理的な制約を受けない全く新しい概念のコミュニティを発生させ、その結果として、新たな民間伝承が数多く産み出された。

なお、それらの伝承の真偽については、本書において議論の対象とはしない。

一の章　異界エレベータ

■知識共有サービス『ネット質問箱』の「超常現象」カテゴリに、二〇一×年〇月△日午前四時二十一分に投稿された内容

投稿者：MYa****** さん　回答数：十二

人が誰もいなくて、ネットにも繋（つな）がらない「異界」に、エレベータで行く方法があると聞きました。詳しい方、教えてください。

●ベストアンサー

投稿者：72g****** さん

まず、十階建て以上のビルでなくてはいけません。その上で、次のようにしてください。

①一人でエレベータに乗り込み、次の順番で移動してください。
四階→二階→六階→二階→十階
もし、この間に誰かが乗ってきたら失敗です。
②次に、五階に向かってください。そこで、若い女性が乗ってきますが、人間ではないので決して話しかけないでください。
③最後に一階のボタンを押してください。すると、エレベータは下がることなく、十階に上がっていきます。十階の扉が開いたその先が異界です。健闘をお祈りします。

●その他の回答
投稿者：sai*****さん
有名な『異界エレベータ』ですね。ただ、一度行くと帰って来られないといいます。
決して試さないでください。

1

私、宮守梓（みやもりあずさ）が渋谷駅（しぶやえき）で迷ってから、一時間が経過した。

大きな赤いキャリーケースをごろごろ引っ張りながら、あちこち工事中のせいで迷路のように曲がりくねった通路を歩き続け、階段を上り下りしているうちに、そろそろ足も限界に近付いてきた。

「ネットで言われてた『渋谷駅ダンジョン』って、本当にあったんだ……」

げっそりした顔で、力なく呟(つぶや)く。

改札を出た後、空いているトイレを探して、駅と繋がった適当なビルを上に登ったのがそもそもの間違いだった。用を済ませた後、『宮益坂口(みやますざかぐち)』に向かおうと、ダンジョンとしか思えない案内図を見て外に出ようとしたところ、どこをどう間違ったのか、どうやら工事中のビルの中に迷い込んでしまったみたいなのだ。

床にも両側の壁にも、白い養生シートが被(かぶ)せられ、天井はむき出しで沢山の配管が見える。真新しい窓の外に目を向けると、見下ろすような形で駅周辺の道路や線路が見えるから、建物の三階とか四階あたりにいるのはわかるんだけど、問題は一階に降りる階段が見つからないということ。さっき見つけた階段は、何故(なぜ)か途中で防火シャッターが下りていて、行き止まりになっていた。日曜日で工事もお休みらしく、尋ねようにも誰もいないし。

四月からの大学進学をきっかけにした、初めての独り暮らしで、初めての上京。一応、慣れない街で道に迷ってもいいように、時間に余裕を持っていたんだけど、この有様。正直、泣きたい。

一旦立ち止まり、スマホをパーカーのポケットから取り出して、時計を確認。

「う……。もう六時半……」

親戚との待ち合わせ時刻である午後七時まで、あと三十分しかなかった。

迷いました、という電話をすることも考えたけど、さすがに初対面の親戚相手にそれは恥ずかしいし。

……そう、待ち合わせをしている親戚の人とは、実は、今日、初めて会うのだ。遠い親戚筋の人らしく、私もお父さんに聞くまでは知らなかったんだけど、結構大きなＩＴ企業の社長さんらしい。私も使っている動画共有アプリとかも、そこの会社が作ったって聞いたときにはびっくりした。

で、その人は、私が東京に住んでいる間の保証人になってくれる上、衣食住に関して全部面倒を見てくれるという約束になっている。こんなに親切な親戚がいなかったら、お金持ちとはいえないうちの家が、私を東京の私立大学にやることなんて出来なかったわけで、すごく感謝をしている。

とにかく、あと十五分頑張ってみて、それでどうにもならなかったら連絡をしようと決めて、私は再び歩き出すことにする。

まずはなんとしてでも、外に出るための出口を見つける必要がある。

そうして工事中の通路を二回、曲がったときだった。

唐突に、目の前にエレベータが現れた。

助かった。エレベータならきっと一階まで降りられる。私は希望に顔を輝かせながら、駆け寄る。

壁には階数を示しているのか、数字の『5』が表示されている。いつの間にか、五階にまで昇っていたらしい。

「とりあえずこれで地上に降りればいいよね……」

下行きのボタンを押すと、三つある扉のうち、右端の階数ランプが、9、8、7……と、下がってきた。

そして、チャイムの音とともに五階に到着し、左右に開く白い扉。

中には先客がいた。

私より少し年上の、髪の長い綺麗な女性。

私もびっくりしたけど、向こうも私を見て、僅かに驚いたような、そして強張った顔をしている。顔色は悪く、青白い。

……あれ？

この人、どこかで見たことがあるような……。って、どこで見たんだっけ？

私が会釈をして中に乗り込むと、彼女はなにも言わずに一階のボタンを押してくれた。

「あ、ありがとうございます……」

扉が閉まり、エレベータが下がり始めたとき、ひっかかるものを覚えた。

なんでこの人は、私が乗った後に一階のボタンを押したんだろう。普通、行き先階のボタンは自分がエレベータに乗った直後に押すような。それに、そもそも、私、一階に行くなんて言ってないし……。

そうこう考えているうちに、ぽーん、とチャイムが鳴って一階に到着した。

扉が開いたので、私は操作盤の『開』ボタンを押して先を譲る。

「どうぞ」

女性は困惑した表情で頭を下げ、エレベータから降りる。

続いて私も降りると、彼女が何故かその場に立ち尽くしたまま呟いた。

「ここって、一階……？」

一瞬、不思議な発言が気になったものの、その声を聞いた瞬間に、私の頭の中で思い出されるものがあった。

この人、どこかで見たことがあると思ったら……！

私は思わず、女性の真正面に回り込んだ。

「あ、あの……！　もしかして、八重樫美希さん、ですか……？　東京スパークスの……！」

今、テレビに出ずっぱりのアイドルユニットのメンバー。しかも、去年までセンターをつとめていた人だ！

「え……。あ、はい……」

途端、彼女が引き攣ったような顔になって、一歩後退った。

「私の高校……、あ、岩手なんですけど、そこでもすごく人気があって、みんなで『踊ってみた』をやったりしてたんです！　本物のアイドルに会えるなんて、やっぱり東京ってすごい！」

私は柏手を打つように両手を身体の前で合わせ、ちょっと興奮してしまう。

一方の八重樫さんは、私をなにか怖いものでも見るかのように言った。

「あ、ええと、ご、ごめんなさい……、あなた、もしかして、人間……？」

「…………へ？」

一瞬、なにを言われたかわからず、私は黙り込んでしまう。二人の間に沈黙が落ちる。

「え……、と……。は、はい……、一応、人間ですが……」

と、彼女が突然、その場にしゃがみ込んだ。

「だ、大丈夫ですか⁉」

びっくりして私も彼女の傍にしゃがむ。

「あ、あの、体調悪いんですか？　誰か呼びましょうか？」

ややあって彼女はほつれた前髪を掻き上げ、血の気の引いた顔で私を見ながら言った。

「い、いえ……。少し立ちくらみをおこしてしまっただけで……」

「お水、買ってきましょうか？」

けれど、彼女は首を横に振り、自分で立ち上がった。

「大丈夫……。それより、変なことを言ってごめんなさい」

それから彼女は、明らかに作った笑顔を私に向けて続けた。

「私なんかを応援してくれてありがとう。勇気づけられるわ」

「ええと……」

テレビとかでは聞くことの無い、ネガティブな言葉に戸惑う。

顔色はやっぱり悪い。ちょっと疲れが見えるし、目の下にクマも出来ている。こういうお仕事って、私達が想像出来ないほど忙しいっていうから、そのせいだろうか。

そんなことを考えていると、八重樫さんが私の大きなキャリーケースを見て言った。

「旅行ですか?」

「いえ。この春から大学に入るために、今日、東京に来たばかりで……。って、あ……!」

唐突に、親戚との待ち合わせのことを思い出した。

スマホを見ると、時刻は午後六時四十分。もう余裕はない。

私は急いでキャリーケースの中からメモ帳とペンを取り出すと、勢い良く前に差し出して言った。

「あ、あの、もしよければ、サインと……、そして、『渋谷ブリーズタワー』への行き方も教えてください! 私、道に迷っちゃいまして……」

八重樫さんは一瞬ぽかんとした表情を浮かべたものの、すぐに笑顔になって「勿論(もちろん)喜んで」と言って、サインと地図を描いてくれた。

それから私は、再びエレベータに乗り込んだ彼女にお礼を言って別れ、もらった地図を手に工事中の通路を駅の方向に向かって、足取り軽く歩き出す。

やっぱり本物のアイドルは綺麗だな。しかも、すごく親切に道案内をしてくれるし！　東京に来た途端いきなり道に迷って落ち込んだけど、意外に幸先(さいさき)は良いかもしれない。

と、そこまで考えて、思わず私の足が止まった。

……そもそも、なんで工事中のビルに、彼女がいたんだろう？

撮影とかのお仕事？　でも、そうしたらスタッフさんとかも一緒だと思うし。

嫌な予感がした私は足早に元来た道を引き返し、通路の角を曲がる。

そして、エレベータを目にした瞬間。

「え………」

三つある扉は全部閉まっているものの、そのうち右端の扉の隙間から、黒い靄のようなものがゆらりと立ち上っていた。

それは火事の煙とは全然違うもので、私のような、ちょっと特殊な土地にある、少し特別な神社の生まれの人間にしか見えないもの。

「あれって、もしかして、隠世(かくりよ)の靄(もや)……」

一瞬で背筋が凍った。

私は小さい頃から、この黒い靄を、橋のたもとや、四つ辻とかで時折、目にした。だけど、その度に、おばあちゃんの言いつけを守って、絶対に近寄らないようにしていた。

実家の神社をずっと長い間守ってきて、そして三年前に亡くなったおばあちゃんによれば、私達が住むこの現世とは異なる、人とは違う存在が住む隠世というものがあるらしくて、そこから零れた空気が、現世の空気に触れて気化したものが黒い靄として見えるらしい。

おばあちゃんはいつも言っていた。

「梓は、宮守が持つ巫の血が濃いから見えやすいんだねえ。だけど、決して触れたり、近寄ったりしたらいけないよ。人の理とは相容れないものだから」

なお、おばあちゃんが死んだ今、宮守の一族で、この黒い靄を見ることが出来るのは、うちの家族や近い親戚筋を含めても、私くらいしかいないらしい。

「それが、なんでエレベータの中から……？」

理由はよくわからない。だけど、彼女の身に危険が差し迫っていることは間違い無いわけで……！

躊躇いを覚えつつも、それを振り切って駆け寄る。

エレベータの階数を表示するパネルを見ると、どういうわけか、上昇したり下降したりを繰り返していた。

私はエレベータを止めようと、すかさず操作パネルの上行きのボタンを押す。

「え……？　なんで……？」

だけど、エレベータが降りてきたと思ったら、何故か私が今いる一階の手前、二階で折り返して上昇していったのだ。

冷や汗を掻きながらボタンを連打するものの、上昇したエレベータは十階で止まったまま動かなくなってしまった。続いて、扉の隙間から吹き出す黒い靄が更に濃くなる。

こうなったら階段を使うしかない。私は周囲を見回し、階段のサインボードを見つけて走り出す。

息を切らして十階に到着すると、膝に手をついて呼吸を整えつつ、顔を上げる。フロアには内装工事中の飲食店が沢山並んでいて、そこもまた黒い靄で覆われていた。

「…………っ！」

そこに通路を奥に向かって進んでいく人影があった。足取りは重く、俯きがち。

「八重樫さんっ!!」

けれど彼女は、こちらに気付くことなく、フロアの奥へ奥へと進んでいく。

私が駆け寄ろうとした途端、

——彼女の姿が靄の中に消えた。

「え…………？」

その直後、黒い靄が、霧が晴れるように跡形も無く消え失せた。

後は、無機質な非常灯が、フロア内をぼんやりと照らしているのみ。

なにが起こったの？　一体、どこに行っちゃったの……？

心臓が早鐘のように鳴る中、私は八重樫さんを探すべくフロア内を歩き回る。だけど、その姿は全く見つからない。

幻を見ていた……？　いや、そんなことはない。

嫌な予感に、冷たい汗が背中を流れ落ちるのを感じる。

おばあちゃんによれば、黒い靄が出るところは、現世と隠世の境目が曖昧になっている場所で、うっかりそこに足を踏み入れた人は、隠世に落ちてしまう危険がある。

どうしよう。

おばあちゃんは、隠世がらみで困ったときには、山伏に相談をすればいいと言っていた。山伏っていうのは、山の奥深くで修行して『験力』と呼ばれる特別な力を身につけた、加持祈禱とかをする人達のこと。

昔は、うちの実家の遠山神社にも、早池峰山で修行する山伏が沢山来ていたけど、おばあちゃんが亡くなって以来、その数はめっきり減ってしまった。社務所を管理しているお母さんに聞けば、もしかしたら山伏に連絡が取れるかもしれないけど……。

そのとき、突然、私の後ろから、バラバラと複数の足音が迫ってくるのが聞こえた。

「おい！　キミっ！　一体、そこで何やっているんだ‼」

振り返ると、工事用のヘルメットを被った男の人達が数人、顔を真っ赤にして、こちらに駆け寄って来るのが見えた。

2

連れて行かれた警察署の事務フロアは、沢山のデスクがずらりと並べられていて、日曜の夜だというのに、大勢のおまわりさん達が忙しそうに働いていた。

そのフロアの端には、来客用のソファが置かれていて、私は、今そこで中年の婦警さんを前に、かれこれ三十分近く、事情を聞かれている。

本当は出迎えの親戚の人に連絡を入れたいのだけど、それを言い出せる雰囲気でもなくて……。かなり待たせているだろうなあ、と私は内心で頭を抱える。

「それで、もう一度聞くけど、どうしてあなたは、あの場所にいたのかしら？」

婦警さんは蛇のような目でじろりと私を睨めつけながら、これでもう三回目となる質問をぶつけてくる。

「ええと……、駅の中で迷子になってしまって、それで気付いたらあそこにいて……。決してわざと入ったとか、そういうつもりはなかったんです……」

冷や汗を掻きながら答える。黒い靄とかそういう怪しい話は、はしょったけど、嘘は言っていない。

「でもそこで、あなたは八重樫美希さんと会っていたのよね？ その理由は？」

「り、理由を聞かれても……。八重樫さんとはビルの中でたまたま会って、それで道を教えてもらっただけで……」

「たまたま？ それは本当のことかしら」

婦警さんは疑いの眼差しを私に向けたまま。

さっきからなんか変だ。いくら私が迷い込んだ、と説明しても、全く納得してくれない上に、なにか目的があって八重樫さんと会っていた、と決めつけてくる。

「あまり警察を甘く見ないでほしいわ。一昨日から八重樫さんが行方不明になっていることくらい、こちらではとっくに把握しているの」

「…………え？」

私は目を見開き、一瞬、言葉を失った。

「あ、あの、行方不明って、どういうことですか……？」

「しらばくれるのもいい加減にしてくれるかしら！　とにかく、あなたは彼女と工事中のビルの中で、二人きりで会っていた。誰がどう考えてもなにか事情があると思うのは当然のことじゃない？」

私の頭の中は混乱する。八重樫さんの身に一体なにが起こっていたの……？

婦警さんが手にしたバインダーを、バタンと乱暴に閉じて言った。

「わかったわ。なんにせよ、あなたは未成年だし、保護者の方に来て頂く必要があるわ。連絡を取るから、ご実家の電話番号、教えてくれるかしら」

目を瞬(しばたた)かせた。

連絡……？

私は恐る恐る右手を挙げ、微(かす)かに震える声で申し出る。

「あ、あのぅ……、それだけは、ちょっと……」

上京したその日に警察のお世話になったなんて知られたら、家族だけじゃなくて、翌日にはご近所様の……、いや町中の笑いものになるに決まっている。田舎の情報拡散力を嘗めちゃいけない。

「実家は岩手の田舎で……、こんな時間だと、今日中に来るのはもう難しいですし……」

隠世の件で、お母さんに連絡をしてみようとは思ったけど、自分から連絡するのと、警察から連絡が来るのでは全然違うし……。

婦警さんが一段と表情を険しくさせ、右手に持ったボールペンを忙しなくノックし、語気をやや荒らげて言った。

「あなたね！　自分の立場がわかっているの⁉」

うわあ、どうしようどうしよう。

冷や汗が止まらなくなる。

そのときだった。突然、フロアの奥の方から、若い男性警官が慌てた様子で走ってきて、婦警さんに耳打ちした。

「……どういうことですか？」

彼女が眉間に皺を寄せ、男性警官と話し始める。

と、急にフロアの中がざわつき、おまわりさん達が一斉に入口の方に視線を向けた。

私も合わせて視線を動かし、思わず息を呑んだ。

グレーのジャケットを着た、背が高く、色白で、日本人離れした彫りの深い顔立ちの男性が、年配の警官に案内されて、こちらに向かって歩いてきていた。

一瞬、まるでそこに映画賞のレッドカーペットが敷かれているんじゃないか、と思うぐらいの圧倒的な存在感。

誰だろう？　と思って見ていたら、その人は私の傍まで来て、突然立ち止まった。

そして、水晶のように透き通った切れ長の瞳をまっすぐに私に向けて言う。

「宮守梓さん、ですね」

「は……、はい……」

返事をする声が擦れてしまった。

「お迎えが遅くなりまして、申し訳ありません。はじめまして、生駒永久です」

そう言って、深々と腰を折る。

……生駒？

じゃあ、この人が親戚の生駒さん？

というか、この顔、どう見ても、二十代のような……。大手ＩＴ企業の社長だと聞いていたから、結構年上だと思っていたんだけど……。

胸に署長のネームバッジを付けた警官がしきりに揉み手をしながら言った。

「生駒社長、この子については道に迷われていたので、私どもで保護させていただいた次第です。社長のご親戚ということで、本当に安心しましたし、いや、とにかく、無事で良かった……！」

さっきまで私を詰問していた婦警さんに至っては、にこにこ顔になって、

「社長にお迎えに来ていただき、安心いたしました。宮守様は、先程まですごく心細そうにされていましたので」

それに対して、生駒さんは小さく頷き、おまわりさん達を見回して言う。

「ありがとうございます。署長さんをはじめ、みなさんの温かいお気遣いに感謝します」

「いえ……！　普段から生駒社長には、何かとお世話になっているわけですから、これくらいは当然のことです！」

え。ちょっと待って。なんか話が変わっているんだけど。私、保護というよりは、半ば容疑者扱いで無理矢理連れてこられた上に、尋問されていたんだけど！

なんでおまわりさん達、こんなに頭をへこへこさせているの？　生駒さんは、ＩＴ企業の社長ということだけど、そんなにすごいの？　普段からお世話になっていると

か言っていたけど、どういうことだろう？　頭の中は疑問符でいっぱいだ。

そんな私の戸惑いをよそに、不意に生駒さんが透き通るような右手を私に差し伸べてきて言った。

「さて、梓さん、行きましょうか。色々大変でしたね」

「へ……？」

大きな瞳に見つめられたかと思うと、私の手が握られ、そのままソファから引き起こされた。頭の中が真っ白になる。

続いて生駒さんは、再び視線をおまわりさん達に戻し、穏やかな表情で言った。

「それでは、私どもはこちらで失礼致しますので」

「社長、駐車場まで、お見送りいたします！」

「いえ、それには及びません。これ以上、みなさんの貴重なお時間を頂くわけにはいきませんから」

生駒さんはそう言って署長の申し出を丁重に断ると、左手でソファの傍に置かれていた私の赤いキャリーケースを持ち、出口へ向かって歩き出した。

私達は警察署の地下駐車場に続く階段を降りていく。

事情聴取から一転、今度は、親戚とはいえ初対面の、しかも、正直言って、かなりのイケメン男性と二人きりになってしまった私は、一体なにから話せばいいのかわからず緊張するしかない。

勿論、聞きたいことは色々ある。なにも連絡していないのに、どうして私が警察署にいるってわかったの？　おまわりさん達があんなにぺこぺこ頭を下げてくるなんて、IT企業の社長というのは、岩手の地元でいう町議会の議長みたいなものなの？　とか。

とはいえ、まずは、ここは私の方からきちんとお礼を言わなくちゃいけない。危ないところを助けてもらったんだから。

階段を降り、車が並んでいる地下駐車場に入ったところで声をかけた。

「あの……、生駒さん」

相手の足が止まった。

「迎えに来てくださってありがとうございました。それと、これから色々ご迷惑をおかけすると思いますが、よろしくお願いします！」

ゆっくりと生駒さんが振り返る。けれど、その彫りの深い顔から、先程までの満面の笑みは、綺麗さっぱり消え去っていた。

無表情、というよりは氷のような冷たい視線で、じっと私を見つめてくる。

「ええと……？」

戸惑いと、見つめられる恥ずかしさに、無意識に目を逸(そ)らした瞬間、

「ふぇっ⁉」

突然、生駒さんが、私の頭に手を伸ばしてきたかと思うと、栗色(くりいろ)の髪を一束つかんで、それに自分の顔を近付け、匂いを嗅ぐ。

え……、な……、なにやって……？

突然の相手の行動に、私は目を白黒させる。

「やはりそういうことか。状況はだいたいわかった。対処法を考える必要がある」

「あ……、あの、どういうことでしょうか……？」

生駒さんはその問いには答えず、ちらりと腕時計に目をやり、それから切れ長の目で私の顔を見下ろすと、淡々とした口調で言った。

「まず君は、僕に謝罪をすべきだ」

「…………へ？」

「君のせいで、僕は貴重な一時間を失った。年間の役員報酬額から逆算して、直接損害額は十万円。そして、その時間、僕が動かなかったことによる逸失利益は計り知れ

ない」

「…………………はい？」

なに言ってんの？　この人。

「時は金なり、だ。ビジネスの世界では、僅かな時間で億単位の金額が動くことも珍しくない。愚鈍であることは、悪だ。覚えておけ」

一方的に言うと、生駒さんは、こちらに背を向けて、再び歩き始める。

しかも、私のキャリーケースはそこに置きっぱなしで。

えーと、一体、なに？　どういうこと……？

私は先程つかまれた髪を撫でながら、ぽかんとしてしまう。

生駒さんが、柱の陰に入って見えなくなったあと、腹の底からじわじわと怒りが沸き起こってくる。

親戚とはいえ、初対面の相手に、いきなりあんな言い方ある？

そもそも、おまわりさん達の前にいたときと比べて、別人格すぎない⁉

「ちょっと待ってよ！」

文句を言ってやろうと、キャリーケースを手に、足早に追いかける。

柱の角を曲がると、彼はちょうど運転席側のドアを開いて、車に乗り込もうとしているところだった。

その車というのは、私の実家近くの雪の多い場所で見るような四輪駆動の大型車。

……え？　社長なのに、この車？　それに、自分で運転するの？

一瞬、虚を衝かれたものの、すぐに怒りの感情を思い出して、閉まりかけた運転席のドアに駆け寄る。

「あのさ、さっきの言葉、なに⁉　失礼じゃない？」

生駒さんは、ドアを閉める手を止めると、形の良い眉を微かに八の字に曲げ、冷ややかな表情で私を見た。

「運転したいのか？　そうだな。九分三十秒以内にオフィスに着くと確約するなら、喜んでハンドルを渡すが」

「は？　なに言ってんの？　第一、私、免許持ってないから！」

そう言うなり、バタン、といきなり目の前でドアが閉められ、エンジンがかかる。

「ちょ、ちょっと！」

生駒さんは、私の顔を見ることなく、親指で後部座席を指し示す。

早く後ろに乗れ、ということらしい。

私は渋々、トランクにキャリーケースを放り込むと、後部シートに座る。

「あの、だから……！」

言いかけた途端、車は急発進。タイヤを軋ませながら左折し、出口に向けて走り出す。

慌ててシートベルトを締めたときには、四駆は大通りを走っていた。通行量は岩手の県庁所在地である盛岡の比じゃないくらい多い。

急いでいるのか、頻繁に車線変更を繰り返しながら、前を走る車を追い抜いていく。

「ああ、もうっ！　運転、乱暴すぎない⁉」

「一秒でも早くオフィスに戻って、損害を取り戻したいからな。それより、これからプラチナクライアントと重要なオンラインミーティングを開始する。口にチャックをしろ」

「な……」

生駒さんは、左耳につけたワイヤレスイヤホンを人差し指でとんとんと叩くと、すぐに流暢な英語で誰かと話し始めてしまった。

な、な、なに、こいつ………⁉

顔を真っ赤に染め、魚みたいに口をパクパクさせている私を乗せて、四駆の自動車は渋谷の街を疾走していく。

3

渋谷ブリーズタワーの四十五階にあるＶＩＰラウンジで、私は次々運ばれてくる料理を前に、目を何回も瞬かせていた。

皮付きの甘鯛を焼いて焦がしバターのソースをかけたものとか、パイ生地で包まれた赤座海老のスープとか、その他色々。フランス料理に和の要素を取り入れたコース料理ということで、最初はウェイターさんの説明を一生懸命聞いていたけど、あまりの美味しさに途中からどうでもよくなって、後は食べるのに夢中になってしまった。

ほっと一息ついたのは、食後のデザートが運ばれてきたとき。

洋梨のシャーベットを味わいながら視線を窓の外にやると、そこには東京の夜景が広がっていて、よく出来た模型のような光景に私はしばらく見とれてしまう。まるで夢でも見ているみたいだ。

一時間ほど前、私を乗せた車が高層ビル――渋谷ブリーズタワーの車寄せに停まると同時に、生駒さんのオンラインミーティングが終わった。そして、私が「ちょっと……！」と、文句を言おうとした機先を制して、生駒さんが後ろを振り返ると、

「八重樫美希の件については、一仕事終えたら話をするから待っていろ」

「…………え？」

そう言って車から降りると、出迎えた二人の男性に向かって、私を親指で指し示しながら、「後は適当に頼む」と言い残して、足早にビルの奥へ行ってしまった。

一人は乗ってきた車を地下駐車場に運んでいく一方、生駒さんの秘書だというもう一人の若い男性の案内で、私は高級ホテルを思わせる天井がやたらと高いエントランスに足を踏み入れ、呆気にとられているうちにエレベータに乗せられた。

生駒さんが経営するディープジオテック社は、渋谷ブリーズタワーの二十階から四十五階に入っているということだった。そして、最上階の四十五階は、主に接待やパーティに使われるという赤絨毯が敷かれたVIPラウンジで、私はそこでわけがわからぬまま、フランス料理のフルコースを振る舞われたというわけだ。なお、今、私にお給仕してくれているウェイターさんは、いつの間にか蝶ネクタイをつけたさっきの秘書さんだ。

今日だけで一度に色んなことが起こったせいで、今、私の頭の中はショート寸前。上京するや否や、目の前でアイドルが消え、警察に連れて行かれたと思ったら、やたらと口の悪い親戚がやってきた。しかも、彼はアイドルが消えたことについて、なにか知っているみたいで。

「というか……！」

　警察署の駐車場で、生駒さんがいきなり私の髪をつかんで、匂いを嗅いできたときのことを思い出し、恥ずかしさに頬を赤く染める。

　なんで突然あんなことを……？　もしかして、変な匂いでもするのかな。汗臭かったとか……。

　耳の後ろの髪を前に引っ張って、くんくんと嗅いでみる。仄(ほの)かにシャンプーの匂いがするくらいだ。

「君ごときに、違いがわかるわけないだろう」

「…………⁉」

　いつの間にか、傍に生駒さんが立っていた。

　彼はつまらなそうに私を一瞥(いちべつ)すると、秘書兼ウェイターさんに視線を移して言う。

「一条(いちじょう)君、いつものブレンドを頼む。それと、違いのわからないこちらのお子さまにはオレンジジュースがいいだろう」

「えっ……！　勝手に決めないでよ！　私もコーヒーでお願いします！」

「ミルクと砂糖を多めに持ってきてくれ。苦さに顔をしかめている様子が目に浮かぶ」

「かしこまりました。宮守様、すぐにお持ちしますので、奥のソファ席へどうぞ」

一条と呼ばれた秘書さんが恭しく頭を垂れて、奥に下がる。

うう。コーヒーくらい、地元のマックで、時々は飲んでたもん。……確かに、ミルクはいつも二つ入れてたけど。

それから私はふかふかのソファへと移動して座る。

ただし、そこで大きな問題が一つ起こった。

「なんで、私の隣に座るの？」

ガラステーブルを挟んで、反対側にも幅広のソファが置かれているというのに、生駒さんがわざわざ私の隣に座ってきたのだ。カップルシートじゃあるまいし、どういうことよ？

と、生駒さんは、冷ややかな目線を私に送りながら言った。

「ゲストをお迎えする以上、上座にお座りいただくのは当然のことだろう。基本的なビジネスマナーは身につけてもらわないと、この先困る」

「……ゲスト？　ビジネスマナー？」

怪訝に思って聞き返したとき、一条さんがやってきた。

「社長、いらっしゃいました」

その言葉と同時に、こちらに近付いてくる複数の足音が聞こえ、顔を向けた途端、私の背中が粟立った。

そこにはスーツ姿の体格の良い男性が二人。年齢はそれぞれ六十歳前後と三十歳前後で、明らかに普通の仕事をしている人達ではなかった。目が笑っていないのだ。

生駒さんがいきなり立ち上がり、私も慌てて腰を上げると、それに合わせて来客の二人が深々と頭を下げた。

そして、生駒さんは、先程までの無愛想な表情から一転、爽やかな笑顔になって挨拶。

「お忙しい中、わざわざ弊社までご足労いただき、ありがとうございます」

え。なに、この態度の変わりよう？

「とんでもございません。こちらこそ、急な依頼にも関わらず、社長の貴重なお時間をいただき大変恐縮です」

年配の男性が丁重に言った。それから、二人がこちらに鋭い視線を向けてくる。

それを察した生駒さんが、私を手で指し示して言った。

「本日は、先にお伝えした通り、私の遠戚にあたる者も同席させていただきます。もっとも、彼女は今回の事案の当事者でもありますが。さあ、君、ご挨拶を」

……当事者？　一瞬、言われた言葉が理解出来ずに固まったものの、周りの注目が集まる中、私は慌てて自己紹介をする。

「あ……、あの……！　宮守梓です。岩手県遠山市出身です。この四月から法治大学文学部に進学することになり、本日、上京しました。よろしくお願いします……！」

深々と頭を下げると、年配の男性が少し柔らかい表情になって答えた。

「私は警視庁刑事部の古市と申しまして、隣は同じ部署の若山です。どうぞよろしく」

「刑事……、さん……？」

「ええ。生駒社長にはいつも大変お世話になっていまして。ああ、それと、今日は南渋谷署の者が迷惑をかけてすみませんでしたね。所轄も一生懸命にやっていることなんで、許してやってください」

「は、はあ……」

私の背中を冷たい汗が流れる。

警察の人達が来た、ということは、夕方の話の続きを聴取するということ？　これが、さっき生駒さんが一仕事終えたら話をする、と言っていた意味なの……？

生駒さんに促されて、刑事さん達が向かいのソファに座る。続いて一条さんがさっきのリクエスト通り、コーヒーを四つ運んできて、私の目の前にシュガースティックとミルクが山盛りになったバスケットを置く。

私の頭の中は半ば混乱状態だ。夕方、警察署で話したことをここでまた話しても、絶対に納得してくれないだろうし、ましてや、八重樫さんが黒い靄の中に消えたとか、そんな話をしても、絶対に信じてくれないだろうし……。

この件は、警察の人が出張っても解決出来ないと思う。それよりは、早く実家に電話して、出入りしている山伏さんに連絡を取りたいのに……！

若山刑事が言った。

「それで社長、八重樫美希さんの行動履歴の件についてご報告があります」

やっぱり来た。私は内心で頭を抱える。

「失踪当時、彼女は携帯の電源を切っていたか、あるいは持ち歩いていなかったようで、携帯電話会社の位置情報から追うことは出来ませんでした」

それを受けて、古市刑事が続ける。

「となると、社長が作られたシステムを利用させていただくしかない状況でして」

「ええ。既に解析は完了しております」

生駒さんがにこやかに言いながら頷くと同時に、私の左手の壁に大きな映像が映し出された。いや、正確にいえば、数十に細かく分割された沢山の画面の集まりだ。

「……………⁉」

どの画面にも、街並みと、そこを行き交う沢山の人が映っているが、映像は早回しになっているらしく、昔の映画みたいに、人がちょこまかと動き回っている。

「これらは刑事さんからご提供いただいている、渋谷駅構内やその近辺に設置された防犯カメラの映像です。例の駅直結の建設中のビル──スカイフィールド渋谷の映像も含まれています」

そう言いながら、生駒さんが、いつの間に用意したのか膝の上に置いたノートパソコンのキーボードを叩いた。その途端、五十個近い画面の中に、大量の青色の長方形が一斉に現れる。

「このバウンディングボックス──長方形は、深層学習(ディープラーニング)によって、人間の顔を認識していることを意味しています」

よく見ると、四角い箱は人の顔の上に重なって動いており、その傍には細かい数字がいくつも並んでいる。

「このシステムでは、人の顔の百二十八の特徴点から、年齢、性別、感情を推定し、それぞれにユニークなＩＤを付与出来ます。それによって、一度カメラに映った人物であれば、他の場所に移動しても、途中の複数のカメラが捉えた映像から、行動経路を地図に落とし込むことが可能です」

ええと……。それって……。

私は目を白黒させながら、生駒さんの説明を自分の頭の中で整理する。

つまり、一度、防犯カメラに映ったら、どこに行ったかわかっちゃうってこと？

と、画面の真ん中に、八重樫美希さんの顔が大写しになった。

「そしてこれが、今回の捜索対象者の顔写真です。この顔から特徴量を計算し、映像の中からそれと近い値の顔を探します」

直後、右上の映像に映った長方形が赤く点滅した。そして、その赤色の長方形は、次々に別の画面へと移動していく。

「彼女と思しき人物を捉えたという意味になります。続いて、これらのカメラの設置場所を、地図に落とし込みます」

投影された映像が地図に切り替わる。赤い線が、渋谷駅の改札を出て、構内を移動した後、建設中のビルの中に入っていくルートを描き、最後は建物の中で途絶えていた。

「……とすると、もしかして、これが、八重樫さんの行動履歴？」

思わず口に出すと、生駒さんが柔らかな笑顔を見せて頷く。

「その通りです。ここから、彼女の足取りが建設中のスカイフィールド渋谷の中で途絶えていることがわかります」

確かに、すごいシステムだけど、こんなの正直、気持ち悪いよ……。

「なお、これは事後承諾となりますが……」

生駒さんはそう言うと、今度は画面に私の顔写真——高校のクラスの集合写真に載っているものを表示させた。

「ひゃっ⁉」

オレンジ色の長方形が、防犯カメラに映った私の顔の上に重なり、それと同時に地図上に私の行動経路がオレンジの線で表示される。線は渋谷駅の中をぐるぐる四周し、建設中のスカイフィールド渋谷に迷い込み、八重樫さんの線と重なったあと、そこから少し離れた建物——渋谷の警察署に向かっていた。

私は唖然（あぜん）として、生駒さんの顔を見る。

「あの……、まさか、生駒さんが、私が警察にいるってわかったわけは……？」

「はい、このシステムで調べさせてもらいました。勿論、最新の写真をお借りするのと、プライバシーの問題もありますから、ご両親の承諾は頂いております」

「うう……」

顔面蒼白になる。上京したその日に警察のお世話になったってことは、既に両親にバレバレというわけで。

「なるほど、話には聞いていましたが、ここまでの精度が出るとは正直驚きました」

画面を見ながら古市刑事が感心したように言い、それを受けて若山刑事が続けた。

「確かにこの地図を見ると、八重樫さんの足取りはビルの中で途絶えていることが裏付けられますね。……それも、宮守さんと接触した直後に」

二人の刑事さん達が、私に目線を向けた。

「そういうことですから、宮守さん、そのときご覧になったものについて詳細なお話を聞かせていただけますでしょうか」

「え………」

冷たい汗が背中を流れ落ちる。

「あ、あの……！　さっきも警察の方に言いましたけど、私、本当になにもやっていませんから……！」

私の言葉に、刑事さん達が少し驚いたような、困ったような表情で顔を見合わせた。

と、生駒さんが微笑みを浮かべて、私の顔を覗き込んで言う。

「大丈夫だよ。落ちついて。僕はなにがあっても君の味方だ。上京したばかりでこんなことに巻き込まれて不安だろうけど、どうか信じてほしい」

はい……？　二重人格のあんたを信じろとか、どういう冗談⁉　という台詞が喉元まで出かかったものの、刑事さん二人を前にしてそれを言う度胸は無く。

ああ、もうやぶれかぶれだ！

私は警察署で婦警さんに何度も話した内容を繰り返す。

「こ、この地図の通り、今日の夕方、渋谷駅の中で迷子になってしまって、気付いたら工事中のビルの中にいたんです。で、たまたまエレベータの中で会った八重樫さんに道を教えてもらったんですけど、なんか様子が変で、それで、気になって十階まで追いかけたんですが、見失っちゃったというわけです……！」

勿論、黒い靄の話を言うわけにはいかない。言ったところで、信じてくれるわけもないだろうし。さっさと解放してもらって、実家に連絡を入れたい。

刑事さん達が身を乗り出してくる。

「うんうん。なるほど。それで、なにか他に見たものはありますかね……？」

「わざわざ階段で十階に行った、ということは、なにかに気付かれたんだと思いますが、そこのところはいかがでしょう？」

　二人とも笑顔だが、目は笑っていない。

「ええと……！　なんか八重樫さんが思い詰めている感じだったんで、それで、胸騒ぎがして……！」

　しどろもどろの説明になる。

　うわあ、もうどうしよう、どうしよう！

「……ああ、そういうことか」

　と、突然、生駒さんが落ちついた声で割って入ってきた。

「刑事さん、大変失礼しました。彼女にはまだ、私のことも、刑事さん達のことも、一切レクがされていないようです。ほぼまっさらの状態だと考えていいでしょう。上京前に、どこまで事前知識がインプットされていたかの確認を怠った私のミスです」

「ああ、そうだったんですか。こちらこそ大変失礼いたしました」

　刑事さん達が拍子抜けしたような顔をして頭を下げる。

　え？　え？　え？　どういうこと……？

　それから生駒さんは、私の方を見て言った。

「宮守さん、不安にさせてごめんね。詳細は後でちゃんと説明するから、君が見たありのままを教えてほしいんだ。――たとえば、君は、あのビルの中で、黒い靄のようなものを見なかったかい？　現世と隠世の境目から漏れ出てくる靄のことだ」

「へっ…………!?」

その単語に目を白黒させる。今、黒い靄、って言った……よね……？

「八重樫美希さんと別れる間際、扉の閉まったエレベータの隙間から黒い靄が立ち上っているのに気付いた。そして彼女のことが心配になって、行き先階である十階まで行き、そこで、彼女が黒い靄の中に消えるのを目撃した。……だいたい、そういうところかな？」

驚きのあまり言葉を失いつつ、こくこくと頷く。どうして、生駒さんが黒い靄のこと、知っているの？　それに、話を聞いている刑事さん達も平然とした顔をしているし。

「あ、あの……、どうして、そのことを……？」

「うん。警察署を出るときに、君の髪に、靄の残り香があったのに気付いたからね。今もまだ僅かだが残っている」

「あ……、そういうことじゃなくて……」

知りたかったのは、なんで黒い靄の存在を知っているか、ということで……。

生駒さんは、私の言葉をスルーし、刑事さん達に向き直って言う。

「残り香という証拠に加え、視ることが出来る彼女の証言もある以上、間違い無いでしょう。この事象は、現代怪異の分類に従えば、『異界エレベータ』と呼ばれるものです。ある順番でエレベータのボタンを押していくと、扉が隠世に繋がる、とされています。民俗学的に言えば、『神隠し』ということになります」

若山刑事が小さく溜息を吐いて言う。

「なるほど。宮守さんのお話を聞く限り、八重樫美希さんは自らの意志で隠世に向かった、と考えて間違い無いでしょう」

ええと、どういうこと？　異界エレベータってなに……？

古市刑事は白髪頭を掻くと、

「そうなると、ここからは我々の手には負えない領域となりますな。とはいえ、事務所から捜索願が出されている以上、警察としては必ず見つけ出さないといけないわけです。つきましては、社長、正式な依頼といたしまして、八重樫美希さんの捜索にご協力いただけないでしょうか」

「ええ、勿論です。そちら側の領域も含めて、ワンストップで対応出来ることが、当社が警察の指定事業者である理由です。行方不明者については、私と巫女である宮守とともに、必ず見つけ出してご覧にいれますから、どうかご安心ください」

生駒さんは爽やかに笑って言う。

え、ちょっと待って？　今、私の名前を言った？

笑顔の刑事さん達が私に向かって、頭を下げる。

「宮守さん、捜査へのご協力、感謝いたします」

「上京したばかりで大変ですが、どうぞよろしくお願いいたします」

それからしばらくの雑談の後、二人の刑事さん達をエレベータの前で見送ると、生駒さんは突然、今までとは打って変わった冷たい声で言った。

「全く、まさか君が事前知識も無しに東京に来るとはな。人に時間を使わせる以上、最低限の予習は礼儀だろう。またも無駄な時間を過ごした」

その直後、堪えていた怒りが爆発した。

「わ、私が悪いわけ⁉　納得いかないよ！　諸々、全部説明してくれるかな⁉　どうして黒い靄のことを知っているの？　異界エレベータって、なに？　あなたと私が八重樫さんを捜索するって、どういうこと？」

生駒さんは、部屋に戻りながら、冷ややかな視線を私に向け、

「そうやってすぐに感情を露わにするのは、ビジネスパーソンとしては失格だな。ア

ンガーマネジメントを学ぶといい。一般的な人なら、怒りのピークは六秒で収まると言われている。その時間を堪えなければ、ビジネスの世界では生きていけない。あとで秘書に入門書を持ってこさせるから来週までに読んでおけ」

「いや、話を逸らさないでよ！　それに、なにその上から目線！」

生駒さんはさっきまで刑事さん達がかけていた方のソファに座ると、口の端を曲げて言った。

「上からも何も、君が僕と対等な立場なわけがないだろう。とにかく、岩手が君になにもインプットをしていない以上、面倒だが一から説明せざるを得ない」

「ああもう。わかったから、早く説明して……」

「そうだな。まず僕のことから説明しよう。僕は、時価総額三千五百億円、従業員数五千人を擁するディープジオテックホールディングス株式会社の代表取締役（だいひょうとりしまりやく）ＣＥＯであり、かつ、日本各地の霊山を結ぶ修験組織のテクノロジー部門の最高責任者でもある」

なんか、違和感のある単語の組み合わせ……。

「先端のＩＴ技術で社会の発展に貢献すると同時にその技術を用い、長い歴史において時の政権と密に協力関係を築き、現世と隠世の微妙なバランスを取る役割を担ってきた全国の修験者達を支援する役割も持っている。今回のように、警察の事件捜査に協力するのもその一環だ」

「……ええと、突っ込みたいところは山ほどあるんだけど、修験者というのは、山伏、ということでいいんだよね？　うちの神社にもたくさん来ていた……」

「その理解でいい。君の実家である岩手県遠山神社は、霊山たる早池峰で修行をする山伏、すなわち、修験者達を庇護する役割を持っていた。なお、僕も早池峰山で峰入り修行を果たした。勿論、遠山神社に立ち寄ったこともある。君と会った記憶は無いがな」

私はまじまじと、彫りの深い顔立ちをした生駒さんを見てしまう。

峰入り修行をしたということは、この人も山伏ということ？

いや、うちの遠い親戚だから、そういう人がいてもおかしくないんだろうけど、正直、私が知っている山伏のイメージとは全然違う。山伏っていったら、天狗みたいな格好の白い服を着て、法螺貝を吹きながら、険しい山道を走って修行をしているおじさんという感じで……。

「そして、今度は君の役割についてだ」

私は自分の顔を指さす。

「君の亡くなられたおばあさん……節子さんも、そして君自身もそうだが、この世ならざるものを視る力を持っている巫女達は、修験者達にとって、現世と隠世との媒介をする役目を持っている」

「うーんと、黒い靄は確かに視れるけど、媒介って、なに……？」

　生駒さんは口を挟むな、とばかりに、冷ややかな目で私を睨んで話を続ける。

「少子化が進んだ今、その素質を持つ巫がなかなか新たに出てこないことが全国的な問題になっている。熊野三山、出羽三山、比叡山といった最古の霊場ですらそうで、僕を含めた山伏達は業務が発生する度に、修験のネットワークに数少ない巫の派遣を要請する必要があった。そんな中、昨年になって早池峰山から、宮守梓という少女が、少しは使い物になるかもしれない、という情報が我々修験のネットワークに上がってきた。点数にすれば六十点。ぎりぎり赤点は免れるという低レベルだが、この際、贅沢は言っていられない、と修験の上層部は判断した」

「修験のネットワークだかなんだか知らないけど、なんで勝手に人に点数つけているの？　しかも、低レベルって……」

「修験の組織については、直接、関係しない者に対して、軽々しく喋るものでもないしな。君のご家族もあえて伝えていなかったのだろう。とにかく、低レベルであるにしろ、いないよりはましだ。そこで、上と交渉し、僕が保証人になるという条件で、君を僕専属の道具として自由に使わせてもらうことになったというわけだ」

「ん……？　今、なんて言った？　道具……？」

「ああ。道具だ。これから君には僕の手足となって働いてもらう。選択権は無い」

さすがに立ち上がった。

「なによそれ！　そんな話、私、全く聞いてないんだけど！　私は保証人になってくれる親戚がいるから、東京の大学に入って勉強しなさいって、言われてたんだけど！」

「親御さんの許可は取っている。代価、すなわち、業務委託費という名目で、四年間の君の学費ならびに、東京滞在中の衣食住にかかる一切の費用負担に加えて、謝礼も上乗せさせてもらっている。悪い条件ではないと思うがな」

目の前に差し出されたタブレットPCには、契約書らしきものに書かれた両親のサインと電子印鑑。

私は唖然として、口をパクパクさせるしかない。

お父さん、お母さん、娘を売ったな……！

私はがっくりと首をうなだれる。

「道理で……、話が出来すぎてると思った……。はめられた……」

「君には早速、動いてもらう。まずは、八重樫美希の捜索だ。明日の夕方、誰そ彼れ時に、君と僕は例のスカイフィールド渋谷に行く。詳細な手順については、現地で説明をするから、とりあえず君は動きやすい格好で来てくれればいい」

そして、生駒さんは立ち上がりながら言った。

「それでは、これから僕はロンドンオフィスとの会議があるから失礼する。ああ、家についてはここから近いタワーマンションの一室だ。この後で秘書の一条君が案内する」

「えっ！　ちょっと、まだ聞きたいことがあるんだけど！」

と、部屋の外へと向かっていた生駒さんが不意に立ち止まり、こちらを振り返ることなく言った。

「質問は受け付けない。……ああ、ところで、明日、うちの総務がCSRの一環で、献血をやるらしい。受付開始時間は十二時だったかな。たっぷり血を抜いてもらうといい。君は少し血の気が多すぎる」

「なっ……！」

言葉を失った私を置き去りにして、生駒さんは部屋の外に出て行ってしまった。

「な、なんなのよ、もうっ！」

4

　翌日、待ち合わせ時刻の三十分前、午後四時三十分に、建設中のスカイフィールド渋谷の前に着いた。早めに来たのはまた迷子になって遅れることが怖かったからだ。

とはいえ、これでも、渋谷駅の中で三十分近く迷ってしまったんだけど。

　私はとりあえず時間を潰すためにコーヒーショップに入り、レモンティーを手に窓側の席に座り、往来する人をぼうっ、と眺める。

　正直なところ、生駒さんに言われた「道具として働け」というのは、なにがなんだかよくわからないし納得がいかない。

　とはいえ、今は、一旦、そのことは置いておいて、まず八重樫さんを探し出さなくちゃと思っている。最後に彼女を見たという立場もあるし、道に迷った私を助けてくれた恩もある以上、私に出来ることがあるなら、それはやるべきだと考えたからだ。

　私はスマホを取り出して、ＳＮＳのアプリを立ち上げた。映っているのは八重樫美希さんのＳＮＳアカウント。昨晩、彼女のことを調べている最中に見つけたものだ。

投稿内容は、写真映えのするご飯やスイーツ、猫や犬などの写真の他、ライブ後にチームメンバーと一緒に写ったり、渋谷の歓楽街で撮ったりしたスナップ写真など。

ただ気になったのは、毎日のように続いていた投稿が、五日前の夜から急に途絶えていることと、最新の投稿のレス欄が荒らされていて、それらのほとんどが、直視出来ないような非道い言葉ばかりだということだ。

——泥棒猫はとっとと引退しやがれ！

——逃げずに説明しろ！　やましいところがあるからなにも言えねーんだろ。

——生きている資格ねえー。

——氏ね氏ね氏ね氏ね氏ね氏ね氏ね。

「やだな……」

私は思わずぽつりと呟く。

初めて知ったんだけど、八重樫さんは『ネットの炎上』に巻き込まれているらしい。

きっかけは、奥さんと子供もいる有名なイケメン俳優さんが、複数の女性と関係を持っていたことが週刊誌で報じられたことだった。しかも、テレビの取材では当初、それを否定していたことから、ネットで大炎上。

そのうち、誰が言い出したのか、マスコミに告げ口したのは、昔、同じ芸能事務所にいた八重樫美希さんらしいとか、不倫相手の一人だったらしい、といった真偽不明の噂が出てきて、それが彼女のSNSに飛び火したようだった。ついているコメントの中には彼女を応援するものも結構あったように思えたけど、それに対しても攻撃的なレスがつけられ、完全に埋没していた。

もしかしたら、このことが彼女の失踪に関係あるのかもしれない。なんらかのトラブルに巻き込まれた、とか。

「八重樫美希のSNSか。あまり見過ぎるな。悪い言葉は、心に良くない影響を与える」

突然、横から声をかけられて、私は飛び上がりそうになった。

顔を横に向けると、そこに生駒さんがいて、冷ややかな目で私を見下ろしていた。

「いきなり声かけないでよ……！　あと、勝手に人のスマホを覗き込むのもどうかと思うんだけど！」

「スマホに熱中して気付かない君が悪い。僕は何度も声をかけていたがな。あと、店の外から君の間抜け面が丸見えだった。以後、気をつけるといい」

「う…………」

それから、生駒さんは私に短く「行くぞ」とだけ言うと、さっさと一人、店の外に出てしまったので、私は舌を火傷させつつ慌ててホットティーを飲み干すと、生駒さんの後を追った。

スカイフィールド渋谷・建設現場の工事事務所で挨拶をし、ヘルメットを二人分借りて、私達は建物の中に入った。

事務所で出迎えた先方の現場責任者は、生駒さんの前で恐縮しまくった上、私に対しては、昨日の件について警備に落ち度があったと平身低頭で謝ってきた。私が生駒社長の関係者だからだろうけど、警察に通報した後で謝られてもなあ、という気もする。

それから、私達は、生駒さんの身になにかあったら大変なので、同行させてほしいという先方の申し出を丁重に断り、目的のエレベータに向かった。

工事は午後の段階で早めに切り上げられたらしく、建物の中に作業員の姿はない。ビルの中を改めて見ると、床はコンクリートの打ち放しで無機質。まだ工事用の照明しかないせいか、微妙に周囲が薄暗く不気味な印象。遠くから工事の鉄筋を擦る音と、建物内を風が吹き抜けていくときの耳に障る音が聞こえる。

生駒さんは私の顔を見ずに言った。

「君の記憶もこの場所で合っているか？」

「多分、合っている。……で、いい加減説明してほしいんだけど、これから私達はなにをするの？　八重樫さんの捜索って、具体的にはどうするの？」

さすがに昨日からろくな説明も無しに引っ張り回され続けたこともあり、いい加減にしてほしい、という気持ちの方が表に出てしまった。

生駒さんは顎に手を当て、しばらく考えると、

「いいだろう。君がそれで納得し、普段以上のパフォーマンスが発揮出来るというなら、説明するコストについては目を瞑るとしよう」

どうして、この人、いちいち気に障る言い方をするのかなあ。

「とはいえ、効率的な説明をするために、まずは『異界エレベータ』と称される怪異現象についての、君が持つナレッジを確認しておきたい。当然、僕の道具として動く以上、事前にリサーチ済みだろうが」

「むっ……」

いらっ、としたけど、昨晩、八重樫さんのことが心配で、スマホで色々調べたのは事実なので、その内容を伝える。

「『異界エレベータ』っていうのは、十階以上の建物にあるエレベータに乗った人が、

決められた順番でボタンを押して、その間に誰も乗ってこなかったら、十階から異界に行けてしまう、という都市伝説、でしょ？」

「では、その異界の様子は一般的にどのように言われている？」

「ええと、生き物は全く生息しない場所。だから、一度そのエレベータを降りたら最後、再び元の世界に帰ってくることは出来ないって」

「なるほど。まあ、及第点を与えてもいいだろう。それで、君はその内容に、大きな矛盾点があることに気付かないか？」

「…………はい？」

思わず眉間に皺を寄せて、生駒さんを睨んでしまう。大きな矛盾って、なによ？

「伝聞情報を疑いもせずに鵜呑みにする行為は、大きな判断の誤りに繋がる。誰も帰って来られないのに、どうして、生き物が全く生息しない場所だということがわかっているんだ？」

「あ…………」

確かに言われてみればそうだ。

「で、でも、ネットに書かれた話なんて、そういういい加減なものが多いから……！」

「だが、君も含めて、僕ら、修験に関わる人間は、それが現実に存在する事象であることを知っている。ゆえに、こう考えるのが適切だろう。実在する現象であるからこそ、隠さなければいけない内容にわかりやすい矛盾を仕込んで、一般世間から目を逸らさせる必要がある」

「なにが言いたいのよ」

「ここまで言えば、君の頭でも理解出来るだろう。異界、すなわち隠世に迷い込んだ者のうち、運が良い者は修験者によって助け出される。しかし、その事実については、修験によって、固く口止めを命じられる。ただ、人間の口に完全に蓋をすることは出来ない。隠世から助け出された者の中には、事実を少し改変した形で、他人に伝えたり、ネットに書き込んだりする者もいる。その結果、大きな矛盾を含んだインターネット上の都市伝説――『ネットロア』が流布されるということだ」

「……なるほど……」

思わず、ぽんと掌(てのひら)に拳を打ち付けてしまった。腑(ふ)に落ちた。

一方で、生駒さんは眉間に微かな皺を寄せ、

「君は感心した顔をしているが、非常に不快だ。こんなことすら自分の頭で考えられないような愚か者は、僕は好きではないのでね」

「な、な……！」

口をぱくぱくさせる一方、ここで相手のペースに巻き込まれたらドツボだ、と思い直し、そうだ、怒りを静めるには、六秒待てばいいんだっけ、と大きく深呼吸。

「ほう。早速、アンガーマネジメントを実践しているのか。見かけよりは自ら成長する意志があるようで安心したよ」

「って、どこまで上から目線なのよっ!!」

思わず怒りを爆発させてしまう。

「……とにかく、これで基礎的な知識については問題無いでしょ。さっさと、本題に入ってよ。八重樫さんを助けるために、私は具体的になにをすればいいか教えて」

「ああ。端的に言えば、なにもしなくていい」

「…………は？」

「別に空気を吸うな、歩くな、とまでは言っていない。僕の命令に従って、その場にいればいいだけで、余計なことはするな、という意味だ。あと、おしゃべりも禁止だ」

「どういうこと？」

ここまで言って、なにもしなくていい？　じゃあ、なんで私が来る必要があるの？

生駒さんが私を睨めつけるように続けた。

「君は、その場にいて、巫女としての役目を果たせばいい。巫女——いや、巫覡の役目くらいは知っているだろう？」

「さっきから馬鹿にしてるのかな？　これでもちゃんと、神社のお手伝いは真面目にしてたんだけど。境内のお掃除とか、お守りの授与とかは勿論、バイトさんだと難しい、舞の奉納とか神前式のお手伝いとか。お小遣いを時給換算すると、四百円を切っているのが、ちょっとというか、かなり納得いかなかったけど」

しばしの沈黙の後、彼は蔑むような目付きで私を見下ろして言った。

「君は本当に物を知らないな。岩手にはクレームを入れる必要があるだろう」

「は？」

「君が言っているのは、明治政府の神仏分離令以降に固められた、神社巫女の類型だ。元々、民間の口寄せ巫女と神社に仕える巫女の役割にそう差はない。君の故郷で、山伏を補佐する巫女のことを『オガミサマ』と呼んでいるのも、神仏分離以前の名残だ」

「……神仏分離令くらいは、知ってるってば。日本史で習ったし。確か明治政府が、神道と仏教がごっちゃになって信仰されているのは良くない、ということで、お寺を壊したんでしょ」

言いながら、なるほどそうか、と気付く。うちの実家に修験者――山伏のおじさん達が来ていたのも、仏教と山岳信仰がごちゃ混ぜになった、神仏分離以前の色を残した神社だったからか。

とはいえ、今更ながら生駒さんの言葉で気付くのはちょっと悔しい。

相手は私の言葉をスルーして続ける。

「巫（かんなぎ）は、別に女性だけじゃなく、男性がなることもある。だから総称して巫覡という言い方をする。そして、巫覡の役割は、大まかに言えば、普通の人間には難しい、あの世とこの世、すなわち、隠世と現世の橋渡しをすることだ。隠世の霊魂をその身に降ろしたり、あるいは、自ら隠世に赴いたりする。

……と、ここまで言えばわかるだろう。今回、君には、山伏の案内係として、隠世への道を開いてもらう」

えと……。隠世への道を開く役目？　私が？　おばあちゃんには、隠世は危ないから、黒い靄には触れちゃいけないって言われてたけど……。

「やっぱりわけがわからないって！　今の話をまとめると、私が突っ立っているだけで、隠世への道が開けるとかいうふうに聞こえるんだけど。それじゃ、まるでゲームのレアアイテムみたいじゃない」

と、生駒さんが口の端を曲げて言った。

「ほう。意外に理解が早くて助かるな。もっと言えば、生贄（いけにえ）とか人柱の類いに近いな。しかるべきところに捧（ささ）げると、閉ざされた道が開くという民間伝承は、古今東西問わず、世界中に見られるものだ」

「………い、生贄……⁉」

「そうだ。生贄にしては、少し験力が足りないのが気になるが、まあ、この際、仕方が無い。僕にはそれを補うだけの験力がある」

私は口をぱくぱくさせながら、思わず声を荒らげる。

「じょ、冗談じゃないよっ！　生贄なんて！　私、帰るから！　八重樫さんは別の方法で探すし！」

そして、回れ右をした私の背中に、生駒さんが淡々と告げる。

「それは無理だ。君のご両親と交わした業務委託契約書の十八条には、甲乙ともに、委託した業務の途中解約を行う場合は、残余期間について損害賠償を求める、とある」

「なっ……」

「それと、あくまで『近い』と言っただけで、別に生贄そのものにするわけじゃない。単なる比喩に過ぎない」

「ひ、比喩……？」

「君の頭脳レベルに合わせて、わかりやすい例えをしただけだ。理解されないプレゼンに意味はないからな。これもビジネスの鉄則だ」

うう。ほんとっ、腹が立つ……！

それから、一分ほど歩いたところで、私達は目的のエレベータホールに着いた。三つ並んだ銀色のエレベータの扉は全て固く閉ざされ、階数ランプも一階で点灯している。

こうして見ると、まだ内装工事が終わっていない建物の中で、そこだけが妙に光り輝いているのは、異様な光景だった。それは、かつて、おばあちゃんが死んだときに見た、火葬炉を思い起こさせた。

黒い靄は見えないものの、急に昨日感じた、背中が粟立つ感覚が再び襲ってくる。

本当に、私、これから隠世に渡るの？　そんなこと出来るの？　とても怖い。

……ううん。

私は恐怖を振り払うように首を横に振る。

八重樫さんを探さなくちゃいけない。正直、わけのわからないことに巻き込まれて混乱はしているけど、今はそれが最優先事項だ。

「昨日、君たちが乗ったエレベータは、どれだ？」

「えっと、たしか……、一番手前だったと思う」

生駒さんはヘルメットを脱いで扉の前に立つと、口の中で小さくなにかを唱えつつ、ジャケットの内ポケットから取り出した呪符を扉に貼り付けた。

山伏の呪い（まじない）というやつだろうか。

と、生駒さんは、急に私に向き合ったかと思うと、右手を伸ばしてきて、私の左肩の上に乗せる。突然のことに、どきりとする。

「な、なに……？」

生駒さんは目を瞑ると、重ねた人差し指と中指を私の身体の前で上下左右に小さく動かしながら詠唱を続ける。

ややあって、目を見開くなり、

「──ウン！」

「いだっ⁉」

私のおでこを結構な力で小突いてきた。

「なにすんのよっ⁉」

額を押さえて、少し涙目になって抗議。

「さっき言った通り、力なき巫女に験力を注ぎ込んだだけだ。これで少しは使い物になるだろう」

「せめて、やる前に一言断るのがマナーじゃないの？」

「こんなことは山伏に同伴する巫女ならば、知っていてあたりまえだ」

たとえ知っていたとしても、普通は「ごめん」とかなにか言うよね⁉　と抗議したくなるのをぐっと堪える。一応これから仕事だというのに、関係を悪化させるのも得策じゃないし、それよりも……。

「時間が無い。上のボタンを押してくれ」

「……私、なにもしなくていいんじゃなかったっけ？」

そう言いながら、私はボタンに指をかけ、そこで、思わず動きを止めてしまう。自分でも気が付かないうちに、手が震えていた。

これから『異界エレベータ』の儀式をするとわかったからだ。

「どうした。早くしろ」

声の主を振り返ることなく、尋ねる。

「ねえ、これで隠世に渡れるの？　というか、もしそれが出来るとして、本当にそっちに行くつもり？　いくら仕事とはいえ、危なくないわけじゃないんでしょ？」

自分でも驚くくらい、不安そうな声が漏れ出てしまった。向こうでなにが起こるかわからない。八重樫さんを助けなくちゃいけないのはわかっているけど、それでも怖いものは怖い。

しばらく、沈黙が降りる。

そして、生駒さんが、思いの他、静かな声で言った。

「勿論、安全な場所だというつもりは毛頭無い。僕も、それなりに気を張っている」

そんなことに私を巻き込まないでよ、と言いたくなるのを抑えつつ、その一方で、生駒さんのどこか重々しく、なにかの覚悟を感じさせるような声に戸惑いを覚えた。

先程まで感じていた恐怖とは違う、別の畏れの感情が私を襲う。

背中から早く押せ、というプレッシャーを感じる。

ああ、もうどうにでもなれ……！

ボタンを力強く押し込むと、ちょっとした間を置いて、扉が静かに開いた。

エレベータの中、正面には足元まで見える大きな鏡が据え付けられていて、そこには、生駒さんと青白い顔をした私が映っていた。

彼に続いて中に足を踏み入れる。

「まずは、四階のボタンを押せ」

小さく頷いてそれに従う。上昇する感覚の後、エレベータは四階で止まり、扉が開く。現れたのは内装工事中の店舗。ただ、作業をしている人はいなくて、中は薄暗い。

「次は、二階だ」

扉が閉まって降下。

「六階」

上昇。

「もう一度、二階」

嫌な汗が出てくる。当然、誰も乗ってこない。

二階の扉が閉まると、次は十階まで上昇。そこは昨日見た通り、飲食店フロア。

「次は五階だ。その後は、一階を押せ。いいか、ここからは、なにがあっても、絶対にしゃべるな」

うるさいなあ、と言いたかったけど、恐怖が声を押しとどめた。

五階のボタンを押すと、降下開始。

そして、到着のチャイムとともに、扉が開き——

え……？

背中が粟立ち、全身に悪寒が走る。

暗いフロアから出て来た黒い靄に包まれたなにかが、するりと中に乗り込んできた。

生駒さんの顔を見るけど、彼は無言でエレベータの操作盤を指さす。

私が急いで一階のボタンを押し、扉が閉まる。

けれど、その途端、降下を始めるはずのエレベータが、上昇を開始した。

階数パネルの表示は、六階、七階、八階、九階と加速をつけて上がっていく。

そして、十階に着いて、扉が開いたとき。

「…………！」

目の前に、別の世界が広がっていた。

澱(よど)んだ黒い靄の中、工事中の飲食店フロアの内装は色を失い、モノトーンに変わっていた。目を擦るものの、眼前の光景は変わらない。全身に鳥肌が立った。

「扉を開けておけ」

生駒さんの言葉に、ハッと我に返った私は、急いで『開』ボタンを押す。

それから、生駒さんは扉の前にしゃがむと、なにかを小さな声で唱えながら、金具のような物を挟み込んだ。ドアストッパーのようなものらしい。

「手を離せ」

『開』ボタンを離し、しばらくすると、扉が開きっぱなしであることを警告する電子音が響き始めた。

「これ、うるさいんだけど。止められないのかな」

顔を引き攣らせながら言うと、生駒さんが淡々と答える。

「帰りの目印にちょうどいいだろう。あと、この扉が閉まった場合や、一刻、つまり二時間ほどが経過して、時辰がずれた場合には、そう簡単には現世に戻れなくなるから覚悟はしておけ。最悪の場合、助けは来るだろうが、一年後か、あるいは十年後だろう」

「……それって、かなり危ないじゃない……」

「もっとも、どのみち今日は、この後、十九時半から二件の投資会議が入っている。十九時という時間制限はちょうどいい」

私はこめかみを指で押さえる。どうも、生駒さんの思考回路がわからない。

……ああ、なんて私、ついてないんだろう。

私は恐怖を誤魔化すように大きく溜息を吐いて、生駒さんと一緒にエレベータホールの外に向かった。

黒い靄が立ちこめる中、一階まで階段で降りてビルの外に出ると、渋谷駅前のロータリーに出た。

そこには、誰もいなかった。バスやタクシーが何台か停まっているものの、その中にも人はいない。人だけじゃなくて、鳥や小動物といった生き物の気配すら感じられないし、一切の音も聞こえない。

空は一面鼠色で、雲は墨に浸した脱脂綿のように濃くて重たそうに見えた。空気は生暖かく、気のせいかどこか血を思わせる錆びた鉄の匂いもする。

まるで時間が止まっているみたいだった。

ネット掲示板で読んだ、生き物のいない世界という説明を思い出す。

私は恐怖に思わず身震いし、ちょっと癪だけど、生駒さんから離れないように歩く。

生駒さんはエレベータを降りてからはずっと無言で、だけど行くべき場所がわかっているかのように、迷い無く歩き続けている。

ロータリーを抜け、居酒屋さんが建ち並ぶ通りをどんどん奥へと進んでいく。

「ねえ、どこに向かっているの？　八重樫さんのいる場所に、心当たりがあるってことだよね？　あまり時間も無いんだよね？」

しばしの沈黙の後、生駒さんは淡々と言った。

「そうやって、すぐになんでも質問するのはいただけないな。まずは自分の頭で考えることが出来ない奴は、ビジネスの世界は勿論、どこに行っても生き残れない」

「……は？　これは単に生駒さんの説明不足だと思うんだけど！」

と、生駒さんが立ち止まり、冷ややかな目で私を見下ろしながら、タブレットＰＣを渡してきた。

「これを見ろ」

「…………？」

ディスプレイには、昨日、会社のラウンジで刑事さん達と一緒に見たのと同じような、十個の防犯カメラの映像が並んでいた。

そして、突然、左上のカメラ映像に一瞬、人影が映っては消え、時間をおいてまた別のカメラ映像に同じ人影が現れた。その顔の部分には、目的の人物の顔写真と一致していることを示す赤い長方形が表示されている。

画質はモノクロで粗く、表情は見えないけど、髪形と服装からして間違い無い。

「八重樫さん……！」

タブレットＰＣの画面が地図表示に切り替わり、昨日と同じように、赤い線が、駅の西側に広がる歓楽街に向かって伸びる。

「これって、八重樫さんの行動ルート、ということだよね……」

ネットに残っていた防犯カメラの映像を見る限り、八重樫さんは自分の意志でどこかに向かっているように思える。

「……って、あれ？」

私はふと、首を傾げた。

「隠世なのに、ネットって繋がるの？」

「君にしてはいいところに気付いたな。ここが映し鏡の世界であり、物理的な構造物が全て複製されている以上、ネットを構成するサーバ類もまたここに存在し、動作しているにすぎない。無論、全てが正常だという保証はどこにもないが」

「そう、なんだ……」

隠世でもネットが使えるなんて、正直、意外だった。説明を聞くと、なるほどと思うけど。

目の前にはテレビで見る『渋谷センター街』の看板があった。そして、地図上の線はこの通りの真ん中で途切れている。どこかのお店に入ったということだろうか。

私は周囲を見回す。

「……とはいえ、お店を探すにしたって、絶対に百以上はあるような気がするんだけど……。まさか、これを全部しらみつぶしに探すって言うんじゃないよね？」

「僕に言わせてみれば、そんな非効率な発想が出てくること自体が悪だ。八重樫美希がSNSを使っているなら、簡単に手掛かりは得られる」

「……へ？」

生駒さんが、タブレットPCの画面を私に向けてきた。

「彼女が今までにアップした全ての写真に対して、類似度が高いストリートビューの画像を紐付けた」

画面に映し出されていたのは、二枚の画像。一枚目は、喫茶店の前でマスターと思しきおじいさんと一緒に笑顔で立っている八重樫さんのスナップショットで、二枚目はその喫茶店の外観が写ったストリートビューの画像。その下には、赤いピンの刺さったセンター街の地図も映されている。

でも、それに一体どういう意味があるんだろう？　と思ったとき、スナップショットに添えられたコメントが目に入った。

『昔、アルバイトしていた渋谷の喫茶店が閉店とのこと……｡ﾟ(ﾟ´Д｀ﾟ)ﾟ｡　落ち込んだりしたときには、いつもここで元気をもらっていました。私の第二の実家です』

「第二の、実家……？　って、もしかして……！」

私は生駒さんからタブレットPCを借りると、通りの両側を交互に見ながら駆け出し、百メートルほど進んだところで、写真の外観そっくりの喫茶店を見つけた。

通りに面したドアを開き、からんからん、というベルの音が響く中、私は薄暗い店内の奥の席に人影を見つけた。顔はよく見えないけど、あの長い髪は間違い無い……！

「八重樫さん……！」

急いで駆け寄る。

椅子に座った彼女は、両手に持ったスマホをぽちぽちといじっている。そして、その目は虚ろで、焦点は合っていない。

「八重樫さん！　みんな探していますよ！　帰りましょう！」

私はその肩を揺する。

「…………」

だけど、呼びかけにも関わらず、彼女は放心状態のままスマホをいじり続けている。

なにを見ているんだろう、と画面を覗き込んで、私はハッと息を呑んだ。

それは彼女に向けられた罵詈雑言がずらりと並んでいるSNSだった。彼女はずっとそれを眺め続けているのだ。

「あの！　八重樫さん、そういうの見ない方がいいです……！」

思わずスマホを取り上げようとしたけど、彼女はしっかと握りしめたまま頑（かたく）なに放そうとはしない。

どういうことだろう。一体、八重樫さんになにが起こっているの？

「困ったものだな。魅入られてしまったというわけか」

背後から降ってきた声に振り返ると、そこに腕組みをした生駒さんが立っていた。

「魅入られた……？」

「ああ。魑魅魍魎（ちみもうりょう）の類いに魅入られるということはよくあるだろう。自分が叩かれているSNSから目を離せなくなるのもそれと同じようなことだ」

「えっと、よく意味がわからないんだけど……？」

「少なからず己の承認欲求を満たす場であったSNSから突然、牙を剝（む）かれたとき、そこから一旦、離れることが出来る人は少ない、という意味だ。炎上に巻き込まれて悩む有名人が多いことは君も知っているだろう」

「それはそうかもしれないけど……」

わかったような、わからないような。

「あの、念のため確認なんだけど、八重樫さんは、ちゃんと元に戻るんだよね？」

「どうだろうな。そもそも、神隠しに遭った人間が、まともな精神状態で帰ってこれることはまれだ、ということは、既に多くの民俗学者が明らかにしていることだ」

私は息を呑むと、両の拳を握りしめ、生駒さんの顔を見上げる。

「だったら山伏の験力でなんとかならないの？　憑き物落としとか、修験の人はよくやるって聞いたよ」

「準備に時間をかければ、可能性はある。ただし、それは契約の範囲外だ。こちらでなにかやるつもりはない」

「………へ？」

「当社と警察との間では、中身がどうなっていようが、彼女の身体を連れ戻せさえすれば、業務完了とみなす、という契約になっている」

そう言って生駒さんは腕時計にちらりと目をやる。

「それに、今の時間は十八時二十分。十九時半から投資会議が始まることを考えるとそんなことをやっている余裕は無い」

「そ、そんな……！　それって、人としてどうなの？」

あんまりにも淡泊な言い方に思わず言葉を荒らげる。

「契約は契約だ。余計なことに手を出していたら、利益は生まれない。それにそもそも、十九時までにエレベータに戻れなければ、現世にはしばらく帰れなくなる。このまま、連れて行くぞ」

そう言うと、生駒さんは、八重樫さんの腕を強引につかんで立ち上がらせた。

「なにしている。君も反対側を持ちたまえ」

冷ややかな視線を私に向ける。

「それじゃ意味無いじゃん!!」

思わず私は叫んでいた。

「八重樫さんを連れ帰っても、このままの状態ってこと？　ちゃんと、意識を取り戻すことは出来ないの⁉」

「自分の身は自分で守る。彼女はそれが出来なかっただけだ」

「そんな……！　そんな言い方、あまりにもひどいよ!!」

生駒さんを睨み付けるが、相手の冷たい眼差しは変わらない。

「そこまで言うのなら、君に、何か策はあるのか？」

「な……、無いよ！　でも、だからといって、そんな簡単に割り切るのは人としてどうかと思う！　生駒さん、人間じゃないよ!!」

内心、やってしまったと思うけれど、でも、自分が間違ったことを言っているとは思えない。

沈黙が落ち、永遠にも思える時間が流れる。

生駒さんは、表情を一切変えることなく、黙って私をじっと見下ろしていたが、やがて、八重樫さんの腕から手を離し、腕時計にちらりと視線を走らせて言った。

「猶予は十分間だ。そうでないと会議に間に合わなくなる。今日のアジェンダは、時価総額十億円の医療系スタートアップへの投資判断でね。僕としては是が非でも成功させたい案件だ」

そして、手近な椅子に座ると、タブレットＰＣで仕事を始めた。

私は唇を噛(か)みしめながら、八重樫さんの隣に座り、その顔を横から覗き込む。微かに頬が痩せた青白い顔。生気の感じられない目の下には、濃いクマ。

「八重樫さん、事務所の人達も、ファンのみなさんも心配していますよ。早く帰りましょうよ」

肩を揺すってみたり、腕を引っ張ってみたりするけど、特段の反応は無く、ただ、焦点の合わない目で、ＳＮＳの画面をスクロールし続けている。まさに取り憑かれたように、自分への誹謗中傷(ひぼうちゅうしょう)を見続けているのだ。世の中全てが敵になったと、自ら確認しているかのように。

やっぱり、一旦、スマホを彼女の視界から遠ざける必要がある。取り憑いたものを、祓う必要がある。多少強引な手を使ってでも、スマホを引き剝がす、あるいは、画面を叩き割るとかはどうだろう。

だけどもし、そこまでしても元に戻らなかったら……。

嫌な汗が額に滲み出る。

スマホを手放せないなら、せめて、誹謗中傷だけでも目に入らないようには出来ないだろうか。昨晩、私が見た限りでは、八重樫さんを応援するメッセージだって結構な数があった。たとえば、ＳＮＳの内容を外から書き換えるとかして……。

その瞬間、私の頭の中に電気が走ったような気がした。

すぐ横を向いて叫ぶ。

「生駒さん……！」

相手が訝しげに顔を上げた。

「八重樫さんのスマホに、応援するメッセージだけを表示することって出来ないかな⁉　なんか、ハッキングとかして……！」

「安直な考えだな。ハッキング、正確には、クラッキング行為は犯罪だ。警察から委託された仕事で違法行為に手を染めるわけにはいかないだろう」

「そこをなんとかしてよ！　IT企業の社長なんでしょ！」

生駒さんがキーボードから手を放して言った。

「君はもう少し自分の頭で物事を考える必要がある。別にクラックなどするまでもなく、簡単に出来ることだ。……とはいえ、そのアイデアは、悪くはない」

「……へ？」

同時に、ピコンと彼女のスマホからメッセージの到着を告げる音が鳴った。

「今、送ったリンクをタップさせるといい」

彼女のスマホを覗き込むと、ダイレクトメッセージが一件届いていた。私が促すよりも先に、八重樫さんがそれに触れる。

その瞬間。画面が再読み込みされ、SNSの表示が切り替わった。

一見するとさっきまでとあまり変わっていないように思える。

だけど、タイムラインをよく読むと――

――いつも美希ちゃんの歌声に励まされています。がんばってください！

――心ない言葉もあるけど、俺はいつまでもみきちーの味方だぜ！

――今度の握手会、楽しみにしてます！　美希さんの笑顔が見たい‼

――アキバの地下時代からの大ファンです！　目指せ日本一のアイドルみきちー！


彼女を心から励ますメッセージだけが並ぶ画面。

ディスプレイに触れる八重樫さんの指が震えた。

あんなに沢山あったはずの誹謗中傷の言葉が、一切出てこない。

「すごい……、これ、一体、どうやって……」

画面に触れる八重樫さんの指の動きが次第に速くなっていき、それに合わせてスクロールのスピードも速くなる。彼女の目が見開かれていく。

いつの間にか傍に立っていた生駒さんが言った。

「この一ヶ月で彼女に寄せられたメッセージをネガティブなものなのか、あるいはポジティブなものか、という『ネガポジ分析』で解析した。その結果、総数一千九百五十六件のうち、悪意のあるものは一千四百七十八件で、全体の七十五パーセントを占めていた。だが、メッセージを送った者について調べると、重複を除いたのべ人数は四百三十五人であり、そのうち、アカウントを複数使って、繰り返し誹謗中傷をしていた者は僅か四十人。率にして九パーセントだった」

「たった、それだけ……?」

「ああ。さっきも言ったが、個人への誹謗中傷の実態はそんなものだ。そして、その四十人のメッセージだけを取り除いたものが、今、彼女が見ている画面だ」

　血の気が失せていた八重樫さんの頰に、赤みが差していた。瞳に光が戻り、スマホを持つ手が震えている。

「八重樫さん……」

　声をかけると同時に、目の端から零れた涙が頰を伝って、ぽたりと画面に落ちた。

　同時に、生駒さんが腕時計に目をやって言った。

「十分、経った。戻るぞ」

　私が八重樫さんの細い腕を握ると、今度は、彼女は小さく頷いて立ち上がった。その目には力強い光が戻っていた。

　そして、そのまま喫茶店の外に出ると、私達は、現世に帰るべく、黒い靄に覆われた街をゆっくりと歩き出した。

5

ディープジオテック社の四十五階にあるラウンジからは、午後の青空の下、まるでミニチュア模型のように広がる東京の街並みが一望出来る。

私は秘書の一条さんが持って来てくれた紅茶を飲みながら、半ばぼんやりと外を眺めていた。

今日は三月二十九日。東京に来て五日目。

岩手から上京した初日に、アイドル・八重樫美希さんの行方不明事件に巻き込まれて、警察に連れて行かれた私の前に現れたのは、東京での私の身元保証人であり、IT企業の社長の生駒さんだった。だけどその人は、山伏という別の顔も持っていて、神社の娘である私のことを『道具』呼ばわりした上、八重樫さんの捜索のために私をかり出した。

そんなこんなで、色々なことがいっぺんに起こったせいで、私は高熱を出してしまい、結局、その後、昨日までずっと寝込んでしまう羽目になったのだ。

なお、寝込んでいる間に一回、実家のお父さんから電話が来た。さすがにカッとなって、「東京での生活費の代償として、私が生駒さんの下で働くなんてこと聞いていない！　家族ぐるみで私を騙(だま)したの⁉」と猛抗議をしたはずなんだけど、頭が朦朧(もうろう)としていて、正直、あまり覚えていない。

最後には「梓が東京の大学に行きたいっていうから、なんとか調整してやったんだ。それに文句を言うなんて、なんたる親不孝者か！」とか逆ギレされて、うやむやにされてしまった気がする。

「はあー」

大きなため息を一つ。なんか疲れちゃった。こんな調子で、これから東京でやっていけるんだろうか。

弱気になりつつ、いやいや、やっぱりこの状況はまずいと思い直す。

いくら自分が、修験に由縁のある神社の生まれだからといって、山伏の道具とか言われて、いちいち、あんな変な事件にかり出されていたら、絶対に身体が持たない。それどころか、命だって落としかねないよ！　死んだおばあちゃんだって、隠世は危ないから絶対に近付くな、って言っていたくらいなのに。

今日、ここに来た目的は、あの後、刑事さん達に保護された八重樫さんがどうなったのかを聞くということもあるけど、今後のことについて生駒さんに自分の意志をちゃんと宣言するためだ。

そんなことを考えていると、ラウンジの入口から誰かが近付いてくるのに気付いた。

「熱は下がったのか？」

生駒さんだった。細身の長身、透き通るような白い肌。彫りの深い顔立ちで、大手IT企業の社長。ステータスだけ見れば、世の多くの女性が色めき立つのは間違い無い。

「おかげさまで。ちょっと死ぬかと思ったけど」

「そうか。とはいえ、たかが知恵熱で死にはしないと思うがな。今までどれだけ勉強をしてこなかったんだ？」

……この口の悪さがなければ、の話だけど。

「あいにく、山伏とか修験道とか、そっち方面の勉強は生きていく上で全く必要なかったんで」

生駒さんはそれには答えず、いつも通りの冷めた目で私を見ると、向かいのソファに座り、一条さんが運んできたブレンドコーヒーに口をつける。

しばらくの沈黙。生駒さんはスマホを見るわけでもなく、かといって外を眺めるでもなく、なぜか私をじっと見つめている。

なんか、すごく落ちつかない。

いつ話を切り出そうかと、迷っているうちに、生駒さんの方が先に口を開いた。

「八重樫美希のことだが」

「…………！」

思わず身を乗り出した。

「検査の結果、身体に大きな異常は無かったそうだ。数日以内には退院する予定らしい」

「……そ、そうなんだ……」

全身から力が抜けていく気がした。

「事務所の話によれば、彼女はこれから数か月間、休養を取るということだ。体調を万全にした上で、芸能活動に復帰したいという本人の希望だそうだ。やはり心の傷はそう簡単に癒えるものではないということだろう」

「そっか……」

私は視線を膝の上に置いた手に落とす。

とりあえずは、良かった。

とはいえ、これで私の中の疑問が全部解消したわけではない。

「……結局、どうして、八重樫さんは『異界エレベータ』に乗ろうと思ったんだろう。隠世に行ってなにがしたかったのかな？」

と、生駒さんが微かに目を細めた。

「気付いていなかったのか？　既に君自身が答えを言っていただろうが」

「え……？　いつ……？」

「隠世に行ったときだ。君は、ネットに繋がることが意外だと言っていただろう？　それはきっと、八重樫美希にとっても同じだっただろう」

「あっ……」

「ネットの炎上に巻き込まれて憔悴（しょうすい）した彼女は、他人と接することが怖くなった。そして、次第にこう考えるようになる。――この苦痛から逃れるには、周りに誰もいない、そして、ネットにも繋がらない場所に行けばいいのではないか、と」

「……だから『異界エレベータ』に乗った。けど、八重樫さんの予想に反して、現世の映し鏡である隠世でも、ネットに繋がってしまった、と……」

うつむくと、紅茶の表面に私の沈んだ顔が映った。

「なんか、納得がいかないかも。八重樫さんはお休みしなくちゃいけないのに、誹謗中傷した人は、匿名をいいことに普通に毎日を送っているなんて……」

「まあ、昨今、加害者は容易に割り出すことが出来るようにはなっているがな。今回の件も警察が動いている。とはいえ、被害者の傷が癒えることはない」

生駒さんは不機嫌そうに言う。

「ゆえにネットを使う以上、自分の身は自分で守るしかない。理不尽であろうともな。それが今の社会だ」

それはわかる、わかるんだけど……。

と、秘書の一条さんが近付いてきて言った。

「社長、間もなく取締役会のお時間です。そろそろご準備を」

「わかった、すぐに行く」

生駒さんがソファから立ち上がり、一条さんから差し出された書類を受け取ると、扉へと向かう。

その後ろ姿をぼうっ、と眺めていた私は、そこで、はたと気付き、慌てて立ち上がって呼び止めた。

「ちょ、ちょっと待って！　肝心の話がまだなんだけど！」

相手は足を止め、肩越しに振り返った。

「まだ他になにかあるのか？」

私は急いで、彼の前に回りこむ。

「抗議とお断りに来たの！」

じっと私の顔を見つめる生駒さん。

「八重樫さんの件は、正直、お礼を言うよ。私も八重樫さんを隠世から助け出したかったし。……でも、こういうことは今回限りにしてほしいの」

「…………ほう」

生駒さんが顎に手を当てて私を見下ろしてきた。

「うちの両親となにを話したのか知らないけど、私は山伏の人達の手伝いをするなんて全く聞いていない。『道具』って言われるのも、はあ？　という感じだし」

話しているうちに、私の中で抑えていた怒りがふつふつと沸き上がってきた。

「勿論、生駒さんの援助とかもいらない。学費は奨学金で払う。家賃と生活費は、時給が高いコールセンターとかのバイトを目一杯入れたらなんとかなりそうだし。勿論、身体はきついよ？　でも、隠世に関わって、死にそうな目に遭うより断然いいし！　言いたいことはそれだけ！」

どうだ、思っていたことを、一気に言ってやったぞ。

ああ、せいせいした。青ざめるがいい。何を言われても、私は意志を曲げないからね！

生駒さんは、じっと私を見下ろしていたが、ややあってぶっきらぼうに言った。

「道具に拒否権は無い。……と言いたいところだが、ここはビジネスパーソンとして、お互いの条件が合わないのなら、仕方無いという判断もありだろう」

あれ……？　いいの？

あっさり言われてしまい、なんか拍子抜けしてしまう。

と、生駒さんは、突然、手にしていたタブレットPCの画面を私に向けて言った。

「では、諸々、精算するとしよう。まずは、君のために用意した賃貸マンションの中途解約の違約金として、半年分の家賃百八十万円、これは速やかに払ってもらう必要がある」

「………………………な⁉」

タブレットPCには、たった今作ったのか、解約精算書という書類とゼロが沢山ならんだ数字が書かれている。

ひゃ……、ひゃく、はちじゅう、まん……⁉

そ、そんな金額、すぐに用意出来るわけない！

私が口をぱくぱくさせていると、生駒さんは、口の端を曲げて言った。

「どうやら、君は社会勉強も足りていないようだな。まあ、結論を出すのはゆっくりでいい。とりあえず、夕食の時間までここで待っていろ。一緒にディナーを楽しみながら、次の業務の話でもしてやる」

私は目を白黒させる。

え。今、なんて言った？　次の、業務……？

「ああ、それと、今回の君の仕事ぶりについては、僕個人としてはそこそこ評価に値すると思っている。彼女の意識が戻ったのは、君のアイデアのお陰だ。それが無ければ、あのまま心が戻らなくなっていただろう。初めてにしては上出来だ」

「…………へ？」

そう言うと、背を向けて生駒さんはラウンジから出て行ってしまった。

呆然(ぼうぜん)とした私が、その場に立ち尽くしていると、一条さんが声をかけてきた。

「宮守様。よろしければ、紅茶のお代わりをお持ちいたしましょうか」

「お願い……します……」

私はよろめくようにソファに座り込み、大混乱した頭を両手でわしゃわしゃと掻き乱す。

窓の外は日が傾き、西の空が微かに赤く染まり始めている。夕方近くなって出て来た雲が、夕陽(ゆうひ)に照らされ、血を含んだ綿のように、怪しく浮かんでいた。

二の章　渋谷七人ミサキ

■人気ゲームアプリ『モンスターアクション』の「レイドバトル待合室」でのトーク

【ガブリエル】今回のレイドボス『七つの大罪』だけど、なんでこういうのって、数字の『七』がつくことが多いんだろう。

【リン】ん、どういう意味ー？

【ガブリエル】七不思議とか、七福神とか、七天使とか。

【リン】確かに言われてみれば。学校の七不思議って、なんでいつも七なんだろうって、思ってた。

【なっしー】七が特別な意味を持つのは、宗教の影響。キリスト教であれば七日で天地を創造したし、古代中国の天文学では、木火土金水に日と月を合わせた七曜が使われていた。

【リン】なっしーさん、物知り！　じゃあ、渋谷七人ミサキって知ってます？
【なっしー】うん。渋谷に出る怪異だよね。パパ活で中絶された七人の赤ん坊の幽霊が、母親を見つけては殺すんだって。特に道玄坂とか、スペイン坂とか、坂には行かない方がいいって言われてる。
【ガブリエル】こわー。クラスの子に、渋谷にはしばらく行くな、って言っておくよ。

システムメッセージ：エンジュさんが待合室に入りました。

【リン】あ！　全員そろったねー！　じゃあ、はじめようか！

1

法治大学の中庭には、樹齢百年を超えることで有名な大きなケヤキの木がある。その蒼々とした葉が作る木蔭には、カフェテリアのテラス席が設けられていて、談笑したり、勉強したりしている学生達で賑わっている。
そんな中、一人、蛍光ペンを手にした私は、うんうん唸りながら、履修案内のパンフレットと向き合っていた。登録締切は明日なのに、まだ、全然決められていない。スマホでいくつかの口コミサイトを見ながら、可能な限り楽勝科目で埋めようとしているんだけど、サイトによって書いてあることが全然違って、正直、なにが正しいかわからないのだ。

「おー！　あずっち、絶賛、履修登録中だね！　感心感心！」

不意に声をかけられて顔を上げると、バドミントンのラケットを持ち、明るく染めた髪をハーフアップにした女の子——鳩羽優衣が、まぶしい笑顔で私の顔を覗き込んできていた。竹を割ったような明るい性格で、文学部の新入生向けオリエンテーションで隣の席だったことをきっかけに仲良くなった。

私は少し涙目になる。

「優衣ちゃん、どうしよう。全然決まらないよお」

「あー、あずっち、楽勝科目を中心に登録したいんだっけ？」

「うん。不真面目な学生で恥ずかしいんだけど……」

「いやいや。学費を稼がなきゃいけないんだから、仕方無いっしょ！」

私としては、少しでも時給の良い働き口を見つけて、一日でも早く生駒さんが用意したマンションから出なくちゃいけない。そうしないと、いつまでもあんな危ない仕事を手伝わされる羽目になる。今だって、二、三日おきに、仕事だとか言って、生駒さんの会社に呼ばれていて、全く気が休まらない。折角の大学生活なのに、こんなことになるなんて。うう、両親が恨めしい。

ちなみに、教職を目指している優衣ちゃんは、がっつり朝から夕方まで、必修科目だらけで、結構ハードモードみたいだ。

「ちょっと見せてー」

横に座った優衣ちゃんが、付箋とマーカーのついた履修案内と、私が見ている口コミサイトをふむふむと眺める。

「ええと、サークルの先輩情報だと、一般教養科目については、このサイトの方が信頼出来て、専門科目はもう一つのサイトの方がいいみたい」

「そうなんだ！　優衣ちゃん、ありがとう！」

と、不意に優衣ちゃんが顔をしかめて、履修ガイドの一箇所を指さした。

「マーカーが引かれている、このスタートアップ概論だけど、もしかして登録するの？」

「うん。超楽勝って聞いたから」

「あー、そーか、うーん……」

彼女が腕組みをして、うつむく。

「やめた方がいいと思う。先輩からは、この先生、あまり良い噂、聞かないって」

「噂って？」

「うん。セクハラ。しかも、ホテル行っちゃう系」

「………げ」

と、優衣ちゃんがふと、視線を前方に向けた。

「ちょうど、あそこにいる人がそう」

中庭のベンチの脇を、教員と思しきジャケット姿の男性と、数人の女子学生が固まって歩いていた。一見するとどこかの学生サークルみたいに、きゃあきゃあ、やかましい。

男性はまあまあ見てくれはよいけど、学生の方は、なんというか、派手……。

「あの准教授、研究室の学生は勿論、自分で経営しているアプリゲーム会社の社員にも片っ端から、手を出しているって話で」

「うわあ」

そうこうしているうちに、彼等は校舎の中に入っていってしまった。

私は口をへの字に曲げながら、履修ガイドに大きくバッテンを書き込む。ああいうのには近寄らないのがいい。

「おっ！　確かにそいつはやめた方がいいな。大学院での評判も最悪だしー」

「…………!?」

真上からいきなり男の人の声が降ってきた。

仰け反るように見上げた途端、反対側から私の顔を覗き込んでいた、紫や金のメッシュが入ったド派手な髪の男と目が合ってしまう。

にかっ、と笑いながら、私の真上で手をひらひらさせる相手。

「え……、えーと、どちら様で……？」

「あれっ⁉　もしかして俺のこと、聞いてない？　おっかしいなあー」

え。突然なに？　このチャラい人……。

姿勢を元に戻した私の隣で、優衣ちゃんが引き攣った顔で尋ねてくる。

「あずっち、知り合い？」

「いや、全然」

と、男の人が今度は優衣ちゃんを指さして、大げさに驚いてみせる。

「おおっ！　きみは、たしか……、ゆいちゃん！　ほら、この前、俺が学部一年生のふりして紛れ込んだ新歓コンパで、向かいの席に座っていた！」

「あ、人違いです。あずっち、行こうよ」

「う、うん……」

そう言うなり、優衣ちゃんが私の腕を取り、立ち上がる。

「宮守梓ちゃん、ちょっと待ったっ!!」

「い？」

突然、自分の名前を呼ばれて、固まってしまった私の前に、すかさず、名刺が差し出される。

法治大学大学院　民俗学研究科　博士課程
鳴神（なるかみ）　晴（はる）

戸惑いながら、受け取った名刺をまじまじと見る。

大学院……？　博士課程……？　ええと……？

「俺、生駒さんの指示で、梓ちゃんを迎えにきたんだよねー」

「……へ？　生駒、さん……？」

「うん。生駒永久さん。梓ちゃんの身元保証人にして、我等、民俗学研究科の偉大なるパトロン！」

あの……、一体、どういうこと？

唐突に出てきた生駒さんの名前に、頭の理解が追いつかない。

優衣ちゃんが怪訝な顔をして私達のやりとりを見ている中、今度は先輩が私の腕をつかんで満面に笑みを浮かべて言った。

「これから、梓ちゃんに一緒に来てもらいたいところがあるんだけど、時間いいー？」

私の顔から血の気が引いていくのがわかった。


心配する優衣ちゃんに、大丈夫だから、絶対！　と言い残して、私は鳴神先輩と二人で、キャンパスの外れにある大学院棟に向かっていた。

優衣ちゃんは、何度も「一緒についてくから！」と言ってくれたけど、それだけは必死に断った。鳴神先輩が私に何を見せるつもりなのかはわからなかったけど、とにかく折角出来た友達に、私が巻き込まれている変な仕事について知られたくなかったわけで。

広いキャンパスを五分くらい歩くうちに、両側は歴史を感じさせる古い校舎が建ち並ぶようになっていた。周りを歩いている人も、教員や大学院生とおぼしき人が多く、全体的に落ちついた雰囲気。

そうこうしているうちに、先輩は右手に見えた、一際古い建物の中へと入っていく。

中は薄暗くてどうにも陰気くさい。こういう建物って、なにかがいるに決まっていて、うっかり黒い靄とかを見ないように、私は物陰とかからは必死で視線を逸らす。

「さあ、着いたよー」

鳴神先輩が指さしたのは、古びた扉。入口にはすごく達筆な毛筆体で、『民俗学研究科』と書かれた木製プレートが掛かっている。

「これ、生駒さんが書いたやつ。寄贈してくれたんだー」

「そ、そう、なんですね……」

綺麗な文字にちょっとだけ驚く。

「みんな、お疲れー。スペシャルなゲストのご登場でーす！」

先輩が扉を勢い良く引き開けると、部屋の真ん中にある大きなテーブルを囲んで座っていた、七、八人の男女が一斉に私の方を向いた。

思わず後退りかけるが、すぐさま先輩が私の背中を前に押し出す。

「聞いて驚け。彼女は宮守梓ちゃん。本学の文学部一年生。そして、我等、民俗学研究科の支援者たる生駒社長のご親戚にして、遠山神社の巫女さんっ！」

一瞬の間の後、「おおっ」というどよめきとともに、皆が一斉に立ち上がった。

「お世話になってます!!」

「私達が研究に専念出来るのも、生駒さんのご支援のおかげです！」

「資金だけじゃなくて、調査する自治体の協力も取り付けてくださるし！」

「いつか、遠山神社にフィールドワークに行かせてくださいね！」

私は呆然と突っ立ったまま、目を白黒させる。

「は、はあ……」

眼鏡をかけた大人しそうな女性の先輩に至っては、まるで神様を拝むかのように、私に向かって手を合わせてくる。

ええと、これって、つまり……。

私はこめかみを人差し指で押し込みながら、この人達の発言を整理する。

ＩＴ企業の社長であり、かつ、山伏集団の技術部門トップである生駒さんは、その資金力で、大学の民俗学研究を資金面で支援しているということらしい。

ということは、目の前にいるこの人達は全員、生駒さんの手先みたいなものか。つまり、生駒さんは、大学にまで影響力を持っているということになる。

だけど、一体、どんな目的で……？

それから私は、各々から自己紹介を受け、このチャラい鳴神先輩は博士課程の一年生で、あとの人もほとんどが大学院生、二人だけが学部四年生ということを知った。

そんな感じで、お茶をどうぞ、お菓子も召し上がりますか、等々、丁重にもてなされる私だけど、どうにも居心地が悪い。先輩達から、しかも、まるで来賓をもてなすかのような接し方をされてしまい、どう反応すればいいか戸惑ってしまう。

というか……。

沖縄にフィールドワークに行ってきた先輩のお土産のちんすこうを食べ終わると、私は、相変わらずチャラい感じで他の人としゃべっている鳴神先輩に尋ねる。

「あのぅー、それで、説明って、いつしてくださるんですか？　私、まだ、ここに連れてこられた理由がわかっていないんですが」

「あー、そっかー、忘れてた。ごめんねー」

鳴神先輩は、相変わらず軽い調子でそう言うと、席を立ち、部屋の奥にある別の扉の前に向かい、手招き。

「そういうわけで、梓ちゃん、こっちおいでー」

「はあ……」

一回り小さいその部屋の中に入ると、壁一面に、ぎっしりと分厚い本が並べられていた。『岩手県の伝承』、『山の民俗学』、『憑霊信仰にまつわる論考』といった、いかにも民俗学といった本の題名が目立つほか、日本語以外の本もある。

部屋の真ん中には沢山の資料が無造作に積まれた机があり、その一番上に、ふと、私は見覚えのある山の写真が表紙になった本を見つけた。

「地元の山だ……」

本の題名は『山中他界論序説』。手に取ってぱらぱらと捲ると、本文中には写真がふんだんに使われていて、見覚えのある景色も多い。

あー、やっぱりあったかー、と思ったのは、ごつごつとした岩肌と、そこに沢山立てられた風車群を撮った写真。荒涼とした光景を背景に、色とりどりの風車が立ち並んでいる光景は、こうして改めて見るとなかなかインパクトがある。

実家近くでは、人が死んだらお山に行くって言われていて、この場所は極楽浄土を意味しているんだとか。とりわけ、沢山の風車は、水子と呼ばれる流産したり中絶されたりした赤ん坊を供養するために供えられているという。

とはいえ、私が一度、おばあちゃんの仕事の手伝いで行ったときに、色んなものを見たせいで、一週間ぐらい寝込んでしまったという、トラウマの場所なんだけど。

本を閉じ、元々あった場所に戻そうとしたそのとき、

「あれ……？」

再び表紙が目に入り、はたと気付いた。

表紙に記載されていた著者名――生駒由香里。

生駒……？

急いで本の奥付をめくり、著者略歴を見る。

生駒由香里（いこま・ゆかり）

一九六X年生まれ。東京総合教育大学（現・つくば総合大学）博士課程単位取得退学。博士（民俗学）。明応大学文学部講師を経て、つくば総合大学社会学部民俗学科准教授。

生駒さんと名字が一緒。生まれた年から考えると、もしかして親戚とか……？　いや、でも、偶然ということもあるし……。

本を手にしたまま、ちょっと悩んだ末に、鳴神先輩に聞いてみることにする。

「あの、先輩……」

「おー!!　見つけた見つけた!!」

途端、先輩は資料の山に突っ込んでいた腕を抜くと、得意満面でクリップで留められた書類を掲げてみせた。

「そんなわけで、梓ちゃん！　これが、昨日持ち込まれた、今年三番目の案件ー」

「……はい？」

「うちの経済学部の学生で、一人、連絡が取れなくなっている事例があるんだってさー。真面目でかつ超優秀な女の子で、先週、渋谷のホテルで行われたゼミの懇親会の後、突如として行方不明になっちゃったらしくて。警察に相談したけど、捜査は絶賛難航中」

そこで、鳴神先輩はちょっとだけ面白そうな顔をして言った。

「とはいえ、重要参考人はいてさ。それが、そのゼミの先生。で、先生っていうのも、さっき中庭で梓ちゃんも見たばかりの」

「え。まさか……」

女子学生を引き連れて中庭を歩いていた准教授。女の子に手を出すということで、絶対に履修しないって決めたけど。

「経済学部の矢野(やの)准教授。ほんと、女たらしってのは良くないよな」

いや、どの口が言うんですか……！　と、突っ込みそうになるのを堪える。

「でも、この件について、私がなにか役に立てるとも思えないんですけど。その人のことは心配ですけど……」

と先輩はにやりと笑って、顔の前で指を左右に振った。

「いやいや、そんなことはないよー。これ、ただの行方不明じゃないんだ。どうも、ホテルの中で姿が消えちゃったらしい」

「ホテルの中で……？」

「そ。しかも、そのとき彼女を探していた学生が、複数の赤ん坊の泣き声を聞いたり、ホテルの廊下を這って歩く赤ん坊の姿を見たりしたんだと」

「…………」

「つまり、俺としては、これは怪異案件ではないか、彼女は『隠世』に迷い込んでしまったのではないか、と睨んで、生駒さんに報告したらビンゴ！」

そして、私の両肩をがっ、とつかんできて言った。

「というわけで、希代の巫女さんの出番というわけで！」

「か、かくりよ……」

私は言葉を失う。

「こういう『隠世』が絡んだ怪異案件を見つけて、生駒さんにレポートをあげるのがうちの役割というわけなんだな！」

それから私は、二、三歩後退ると、ちょうど真後ろにあった椅子にぺたんと座り込み、ゆっくりと頭を抱えた。

「ううー」

生駒さんの名前が出てきたときから、薄々そんなことじゃないか、と覚悟はしていたけど、いざ、その予想が当たると、それなりにショックだ。鳴神先輩は……、というか、やはり、この大学の民俗学研究科は、生駒さんの完全なる支配下にあるのだ。だから先輩は、巫女である私が、山伏である生駒さんにいいように使われていることも知っているわけで。

「どしたー？」

鳴神先輩が、私の目の前で手をひらひらと振る。

「あー、私、今、全てを聞かなかったことにして、すんごく帰りたいです」

「あれ、俺のおもてなし、お気に召さなかったりした？　昼だからアルコールは早いかなと思って避けたんだけど、それがまずかった？」

「そういうことじゃないです」

再度、肩を落として、大きく溜息。

「……私に人権は無いんだなあ、って」

鳴神先輩が茶化すような口調で言った。

「あれー、もしかして、実は梓ちゃん、この仕事、あんまり乗り気じゃないー？」

「こんな危ないこと、生駒さん以外、誰が好き好んでやると思います⁉」

自分でもびっくりするくらい強い言葉が出てしまい、先輩が真顔になった。

しまった、と思うが後の祭り。

気まずい沈黙が十数秒続いた後、やがて先輩は困ったように頭を掻いて言った。

「あー、そういうことかあ。確かに、生駒さん、少し強引なとこあるからなあ。わりぃな、無神経だった」

意外にも先輩が、申し訳なさそうに頭を下げる。

「いえ……、私こそすみません。先輩に文句を言うのは筋違いですよね。悪いのは人を道具扱いする生駒さんです」

慌てて言い、机の上に置かれた資料に手を伸ばす。

「それに、お金が貯まったら、この仕事、すぐに辞めるんで。それまでの辛抱です」

「え！」

途端、先輩が驚いたような声をあげた。

びっくりして視線を上げると、そこには鳴神先輩の困惑した表情があった。さっきまでのへらへらした様子はない。

え……、なに……？　突然どうしたの……？

「――あ、わりぃ」

視線が合うと、先輩は、ハッ、と我に返って手を離す。

そして、なにかを誤魔化すように、へらっ、と笑うと、

「そうなんだー。まあ、こんなしんどいこと続けるのは、俺だったら嫌だもんなー」

そう言いつつ、私の前にしゃがみ込んで、じっとこちらの目を見つめながら言った。

「まあー、俺がどうこう言える立場でもないんだけど、生駒さん、ずっと梓ちゃんが東京に来るの、待っていたんだよねー。大変だろうけど、出来る限り、生駒さんを助けてくれると、俺としてはうれしいかなー」

「…………はあ」

口調は軽かったものの、その目は真剣だった。

「まあ、その代わりといったらなんだけどさ！　梓ちゃん、履修登録まだなんでしょ？　だったら、うちの研究室で手伝うから！　ネットの情報とは比べものにならないくらいの院生の確かな情報で、めっちゃ楽勝な科目、教えてあげられるし！」

「あ、それは、まあ……、あ、ありがとうございます……」

楽な科目を探しているのは、生駒さんの仕事無しで生活出来るようにするためなんだけどなあ、というのはさすがに言えなかった。

2

翌日。私は、生駒さんと若山刑事と一緒に、渋谷にある高級ホテル『ターコイズタワーホテル』を訪れた。フロント係の人は微かに引き攣った笑顔を向けて、革張りの大きなソファが部屋の真ん中に置かれた応接室に案内してくれた。

それから一分も待たないうちに、スーツ姿の支配人とホテルの制服を着た年配の女性従業員がやってきて、恐縮しきった様子で頭を下げながら言った。

「本来はこちらからお伺いすべきところ、大変恐縮です」

深々と頭を下げるホテルの人達に対して、人当たりの良さそうな柔和な顔つきに切り替わった生駒さんが言う。

「いえ、私からお願いしたことですから。むしろ、お仕事の邪魔をしてしまい申し訳ありません」

「とんでもありません。我々に出来ることであれば、何なりとお申し付けください」

そう言うと、ホテルの人達は生駒さんと、私を見て深々と頭を下げる。

なんで向こうがこんなに平身低頭かというと、同じ渋谷にあるディープジオテック社が、ここの「お得意様」だからみたい。半年に一回、取引先の企業を招いて行う展示会でこのホテルの宴会場を貸し切ったり、システム担当者がなにかあったらすぐに会社に駆けつけられるように部屋を長期で借りたりしていると生駒さんから聞いた。

そして、今回、私は会社の名刺を持たされていた。肩書きは『社長室　アシスタント』。服装は入学式用にあつらえたばかりの濃紺のスーツ。名刺があることで、不審な目で見られる心配は無いけど、社会人というには子供っぽい顔だし、別の意味でなんか居心地が悪い。

と、若山刑事が咳払(せきばら)い。

「普段から、我々警察に対してもそれくらい協力的だと助かるのですが」

応接室に微妙な空気が流れる中、ホテルのスタッフが紅茶を運んできてくれる。

今日の訪問目的は、このホテル内で行方不明になったという女子大生――柴田梨子(しばたりこ)さんについて、直接、ホテルの関係者から話を聞くことにある。そして、私と生駒さんは、警察の捜査協力者であるディープジオテック社の立場で来ているということだ。

「それで、改めてではありますが、この方がいなくなった当日の行動を確認させてください」

刑事さんがタブレットPCに、柴田さんの写真を映し出す。肩の下あたりまで伸びた焦茶色の髪に、濃紺の就活用スーツ。なんというかこれといって印象に残らない顔。

女性従業員が若山刑事の顔を見ながら、戸惑いがちに言った。

「あの、昨日いらした警察の方にもお話はしたのですが、その部分も改めてですか？」

「二度手間になってしまい申し訳ありませんが、今日は、生駒社長の前で、一からご説明いただきたいと思って」

「……はい。当時、シフトに入っていた全員に確認をとりましたが、ご宴会に参加されている方が非常に多いこともあり、お恥ずかしながら、このお客様に見覚えのある者はおりませんでした」

支配人さんがノートパソコンをテーブルの上に置いて、画面を私達に向ける。

「ただ、ホテル内の複数の防犯カメラには、該当のお客様と思しき方が映っているのが確認出来ました」

カメラの映像は、一階フロント周辺に、二階の宴会場付近、各階エレベータホール、そして、五階の廊下を映したもので、その彼女の傍には、いつも同じ人物が映り込んでいた。背広を着た、四十前後の男だ。

私は思わず口に出していた。

「この人って、もしかして……」

若山刑事が答える。

「法治大学経済学部の矢野准教授ですね。柴田さんのゼミの指導教授です。人気ゲームアプリの開発者ということでもよくテレビに出られています。生駒さんもお会いになったことはありますよね」

「ええ、パーティの席でご挨拶をしたくらいですが。そのときは奥様と一緒にいらっしゃっていましたね」

怪しいなんてもんじゃない。私は半ば呆(あき)れた口調で言った。

「宴会場で一緒にいるのならまだしも、この人達、同じ部屋に入っているように見えますが……」

映像の時間は午後十時過ぎ。となるともう確定だよ。

准教授の腕にしがみつくように手を回す柴田さん。どっちが誘ったのかはわからないけど、准教授が既婚者ということは、完全な不倫。見ていて気持ちの良いものではない。

若山刑事が言う。

「あくまで参考人としてではありますが、矢野准教授にも事情をお伺いしました。当初、ゼミの学生さんから出された捜索願の内容が、懇親会後に柴田さんの行方がわからなくなった、という漠然としたものでしたので、矢野先生にこの防犯カメラ映像を突きつけて聞いたんですよ。それによると、朝には、部屋に柴田さんの姿は無く、荷物だけが残されていたということです」

「あのう……」

私は遠慮がちに手を挙げて言った。

「それって、その先生が一番怪しいと思うんですが……」

ホテルの中で消えたとか、捜索中に赤ん坊の泣き声が聞こえたとかいうことで、怪異案件扱いされているけど、やっぱりこれって、単なる男女間の事件なんじゃないの、という期待を込めて尋ねる。

「勿論、警察としては、それを疑っています。ただ大きな問題が一つ。柴田さんが、部屋から出た形跡が無いんですよ。防犯カメラにも映っていません」

「え……？」

思わず眉間に皺を寄せてしまった。

ディスプレイの映像では、矢野准教授が一人で部屋を出て、チェックアウトした様子がわかる。彼はその後、ホテルの正面玄関脇にある、夫婦を象った道祖神という石像――岩手の実家付近でもときどき見るやつだ――の前で、慌てたようにあちこちに電話をかけた後、足早に坂を下りていった。

「それって、密室で消えた、ということですか？　ホテルの中で消えたというだけじゃなくて……？」

「そうなります」

私は顔面蒼白になりながら、今度は生駒さんの方を向いた。

「えと、生駒さん、あの気持ちの悪い……、じゃなくて、行動を追跡する画面って、見られますか？」

「勿論です」

生駒さんが出したタブレットPCを皆で覗き込むと、柴田さんの行動履歴を示す赤い線はホテルの中で途切れていた。この前、『異界エレベータ』で隠世に行ってしまった人と同じで、最後に防犯カメラに映った以降についてまではわからないのだ。

私は横にいる若山刑事を向いて言った。

「でも、これって、本当に隠世が絡んでいるんでしょうか。名探偵さんとかにお願いするような話のような気も……」

途端、ホテルの人達が、戸惑ったような表情を見せた。

「かく……り……?」

「あ……」

しまった、このこと、表で言っちゃいけなかった……。

と、そのとき、生駒さんが笑顔のまま、支配人さん達に向かって言った。

「つかぬことを伺いますが、まだ、私どもにお話いただいていないことがありませんか」

「え……?」

「たとえば、最近、従業員のみなさんの間で、噂になっていることがあるのでは? 具体的には、普段は耳にしない音が聞こえる、なにか奇妙なものが見える、そういった類いのことです」

例の赤ん坊のことを言っているのだ、とわかった。

生駒さんの目は笑っていない。隠し事は許さない、と言外に迫っているかのようだ。

女性従業員が不安そうに隣の支配人を見ると、彼は「いえ……、その……、特に思い当たることは……」と、狼狽えて口をもごもごさせながら、俯いてしまう。

と、生駒さんは、おもむろにタブレットPCを持ち上げ、数回スワイプしてタップ。直後、首都圏の地図の上に重なるようにして、フェイスマークと吹き出しの形をしたアイコンがぽこぽこと湧き出してきた。

アイコンが置かれた場所は東京二十三区から神奈川、埼玉、千葉あたりまでランダム。

青のフェイスマークは男性、赤のフェイスマークは女性ということらしい。

赤『やばい、今日、職場でまじもん見ちゃったっぽい……！』

青『バイト先、夜中になると何故か赤ん坊の泣き声がする。ぴえん』

赤『夜勤の人が言ってたんだけど、廊下にセーラー服の女子高生らしき子がいて、声をかけたら、すうっ、て消えたんだって。めっちゃ、やば。バイト、今月で辞める』

赤『思い切って、職場の人に聞いたんだけど、他の人も、赤ん坊の泣き声、聞いているみたい。どーしよー』

生駒さんが解説する。

「これは主要なＳＮＳの大量のログの中から、『そういうものを目撃したという文脈（コンテクスト）』の呟きを抽出したものです。業界ではソーシャルビッグデータと呼んでいます」

それから、生駒さんは画面右上のメニューを数回タップしながら言った。

「続いて、これらの発言をした方が、普段、どの場所にいることが多いかを、端末の位置情報とその滞在時間を元にして推論し、視覚化した画面がこちらです」

途端、画面上の吹き出しの大半が一斉に移動し、いくつかの固まりを作った。

そのうちの一つ、とりわけ大きな固まりが、渋谷駅近くの一箇所に出来ている。

「えと……、これって、もしかして、このホテル……？」

支配人さん達の顔から血の気が引いていた。

「やりすぎ……」と、そこまで言ったところで、私は慌てて手で自分の口を覆った。

普段の何気ない呟きから、勤務先まで推測出来ちゃうなんてすごい技術だけど、目の前で見ると抵抗が全くないわけじゃないし……。

一瞬、生駒さんが鋭い視線を私に向けたけど、すぐに柔らかな笑みに戻って、穏やかな口調で言った。

「ここで伺ったことは口外いたしませんので、ご安心ください。ビジネスに関わる者として、風評被害への懸念については重々承知しておりますので」

「わ……、わかりました。社長がそこまでおっしゃるのであれば」

観念したように、支配人がハンカチで額の汗を拭った。

「どうしたものか、と思うのですが、最近、夜、ホテル内に出るということが、従業員の間で噂になっていまして……」

私はタブレットPCの画面上でふよふよ浮いている吹き出しを突きながら尋ねる。

「それって、ここに書いてあるようなことですか？」

女性従業員が顔を青ざめさせて答える。

「はい……。深夜、当ホテルの従業員が廊下を歩いていると、どこからか赤ん坊の泣き声が聞こえてくるそうです。不思議に思って泣き声がする方に行くと、そこには学校の制服を着た女の子が無表情で立っており、声をかけると、すっ、とその姿が消えてしまうのだとか……」

「支配人である私としては、万一、お客様の耳にでも入ったら、不愉快な思いをさせてしまう以上に、売上にも影響しかねないことから、そのようなくだらない噂話をしたり、ましてやSNSに書き込んだりすることは固く禁じていたところなのですが……」

と、女性従業員が反発の声をあげた。

「支配人、臭い物に蓋をしたところでなんの解決にもならないと思います！　ここ二ヶ月で辞めてしまった派遣社員の方やパートの方が何人いるかご存じでしょう？　私も最初、スタッフからその話を聞いたとき、くだらない話はやめなさい、と注意していましたが、同じような話をする者が次第に増えていき、そして、パートタイムのスタッフが数人辞めた段階で、どうもただ事ではないことに気付きまして……」

制服姿の女の子に、赤ん坊……。

なにか霊の類いだろうけど、なんでこのホテルに出るの……？　それに、私みたいな変な力を持たない人でも、そんなにはっきり見えるなんて、一体どういうことだろう。

いや、というか……。

私は内心頭を抱える。これで本件が隠世に纏わる怪異案件だということは確定し、私の『次の仕事』が決まったからだ。

生駒さんはテーブルの上のタブレットPCをスリープ状態にして片付け始めると、

「ご事情はだいたいわかりました。明日には解決した旨をご報告出来ると思います」

相手を安心させるような落ちついた口調でそう言って微笑んだ。

3

で、どうしてこうなったんだろう？

がちがちに緊張した私は、背筋を伸ばし、ふかふかのソファに浅く腰掛けていた。豪奢（ごうしゃ）なガラステーブルを挟んだ反対側のソファには、いつも通り冷たい表情で書類を捲る生駒さん。

落ちつかずに視線を横にやると、カーペットから壁紙までアイボリーの色調で統一された部屋の奥に、大きなサイズのダブルベッドがどんと置かれている。

ここは、ターコイズタワーホテルの三十八階にあるスイートルームで、室内には私と生駒さんの二人きり。

ホテルの人達への事情聴取が終わった後、生駒さんが、いきなり、今夜このホテルに泊まりますと言い出したのだ。そして、宿泊する部屋は、失踪した女子大生・柴田さんと、矢野准教授が泊まった、このスイートルーム。

意図はわかる。わかるよ。

だけど、いきなり男の人と、一晩一緒に同じ部屋で過ごせ、と言われて平常心でいられるわけないじゃない……！

ああ。もうどうしてこんなことになるかなあ……！

「——以上が、先程、ヒアリングした内容のおさらいだ。その上で、今回の件について、君の見解を聞かせてほしい」

「………へ？」

気付くと、生駒さんが膝の上で手を組みながら、私をじっと見つめていた。

「ええ……と、その……」

「聞いていなかったのか」

怒るわけでも、呆れるわけでもなく、ただ淡々とした事実関係の確認。

「あ……、うん……」

気まずそうに俯くものの、内心は生駒さんへの苛立ちの気持ちでいっぱいだ。

生駒さんはテーブルに置かれたコーヒーを一口飲み、

「この際、君の時間当たり単価はどうでもいいが、一つだけ確認をしておきたい。君は人生において成功したいと考えているか」

「………はい？」

突然出てきた意識高い系の言葉に、私は戸惑いつつ、ちょっといらっとする。

「ええと……、私は別に成功とかそういうの、興味無いんだけど。普通に平凡に生きられればいいと思っているし」

「そうか。残念だが、君に待っているのは平凡な人生ですらなく、貧困にあえいだ末の孤独死だ」

「孤独……死……？」

「変化が激しいこの時勢においては、常に成功を求め、自ら成長しようとする者以外は、おしなべて淘汰(とうた)される。将来、虫のたかる無残な死体になりたくなければ、今から心を入れ替えるべきだ」

私は目を瞬かせた後、露骨に顔をしかめて言ってやる。

「うわー、めっちゃ感じ悪い。それ、典型的な勝ち組の、上から目線だと思うんだけど」

「事実を言ったまでだ。世の中は君が思うほど、弱者に優しくは出来ていない」

それをなんとかするのが、勝ち組の役目じゃないの！　と思ったけど、それを言ったら、更に腹の立つ言葉を返されそうな気がして、むっ、と口を噤(つぐ)む。

鳴神先輩は、私に、生駒さんのことを助けてほしい、と言っていたけど、本当に助けなんて必要あるのかな。ただ、都合の良い駒として使われているだけなんじゃないかな。

しばしの沈黙。空調の静かな音が、部屋の中を満たしている。

生駒さんが続けた。

「時間を無駄にした。話を戻そう。僕の見解だが、渋谷という場所、そして、彼等の話を聞く限りにおいて、この件は、隠世に関わる非常に有名な怪異であると判断していい」

生駒さんはタブレットPCを私の前に差し出してきた。

「えっと……、『渋谷七人ミサキ』……？」

ディスプレイに表示されていたのは、渋谷を舞台にしたネット怪談（ネットロア）に関する論文の一つだった。

渋谷でパパ活、援助交際といった、いわゆる売春をやっていた女子学生達が、意図せず妊娠した結果、中絶したり、あるいは産んだ子をトイレに捨てたりした。そして、理不尽に命を奪われた赤ん坊達の魂が七人集まり、自分達を殺した学生達を、渋谷の各所で次々に取り憑き殺し、以来、今なお中絶をした女性を探し続けているという話だ。

『七人ミサキ』とは、元々、高知県などに伝わる伝承だ。海で溺死した七人の怨霊が、人に取り憑いて殺す。その結果、怨霊の一人は成仏するものの、取り殺された人が新たな怨霊として迎え入れられるので、人数は常に七人のままということだ。

「これは、一九九〇年代後半から出回るようになった、都市型怪異の一つだ。とはいえ、渋谷には昔から円山町（まるやまちょう）という風俗街があり、そして、新生児が駅のコインロッカーに遺棄されるなど、そういった話が語られる土壌は十分にあったということだろう。いい気分がしない話ではあるな」

「うん……」

気持ちが落ち込む。彼女達は一体、どういう気持ちで援助交際に手を出し、どういった葛藤を経て、子供を堕（お）ろしたんだろうか。彼女達をそんな目に遭わせた男達は、今頃、どうしているのだろうか。

そして、私はさっきの防犯カメラに映っていた、部屋に入る柴田さんと准教授の姿を思い出し、寒気を覚える。

「じゃあ、柴田さんが消えた理由っていうのもやっぱり……」

生駒さんのタブレットPCを借り、震える手で、柴田梨子さんのここ数週間の行動履歴を追ってみる。頻繁に訪れている場所を確認していくと、その中に、産婦人科医院に入る彼女の姿を見つけ、目の前が暗くなる。それから考えられる事実は、ただ一っ。

彼女は一体、どういう気持ちで病院に行ったのだろう。

生駒さんが感情を押し殺すように、口を真一文字に引き結ぶと、何枚かの呪符を取り出して、テーブルの上に並べていく。

「そういうわけで、君にはこの場所から、隠世への道を開いてもらう。上手くいけば、彼女を助け出せるかもしれない。可能性は五分五分だがな」

「う、うん……」

私は頷く。

色々納得出来ないことは多い。乗り気もしない。でも、相手方の事情を知っちゃって、それで、自分の力が少しでも役に立つというのだったら、手伝うしかないよね……。

「それなら、準備を始めよう。まずはその服装からだ」

と、生駒さんは部屋の隅に置いたキャリーケースのところに歩いて行き、ぱちんとロックを外し、蓋を開ける。

「へ……？」

中から出てきた、その白と緋色の生地に、私はぽかんと口を開けた。

それは、つい最近まで、実家の手伝いをする際に、嫌と言うほど着せられていた、巫女装束。

「君には巫としての自覚を持ってもらう必要がある。その手段として、服装から入るのもいいだろう」

4

巫女の装束に着替えさせられた私は、ソファの上であぐらをかきつつ、時間つぶしにスマホゲームをやっていた。矢野准教授のベンチャー企業が配信している人気タイトルで、柴田さんも運営を手伝っているものだ。

銃を手にした複数プレイヤーでチームを組み、生き残りをかけて競うサバイバルゲームで、チャットをしながら協力して勝ち進んでいく仕組みが好評らしい。ゲームは、SNSのIDを使うことで、面倒な登録なしにスタート出来た。私もやってみたけど、レベルの低い初心者ゆえに、思いっきり他の人の足手まといになって惨敗。

それでもミッション終了後に、複数のフレンド申請と一緒に、次のバトルも一緒にやりましょう、なんなら、ボイスチャットでやりませんか？　プライベートルームI

D送りますから！　という温かいメッセージも来て（さすがに声を出すことは出来なくて遠慮したけど）、次第にゲームにのめり込んでしまった。

そんなこんなで、ハッと我に返ったときには、時刻は午前一時半を回っていて、私はやや慌てて、部屋の反対側にあるダブルベッドの上に視線を移した。

そこにはワイシャツ姿のままで、仮眠中の生駒さんの姿があった。ふかふかの枕は使わずに、両手を頭の後ろに組んで静かに寝ている。寝息すらたてている様子は無く、本当に生きているんだろうか、と思ってしまう。

私とのミーティングの後、ルームサービスの夕食を取り、英語とドイツ語のオンライン会議を二つこなした生駒さんは、午後十一時を回ったところで、この前のエレベータのときみたいに、部屋の壁に数枚の呪符を貼り付けた。

それから、真言を唱え、私のおでこを思いっきり小突いて験力を注ぎ込むと、

「午前二時——いわゆる、丑三つ時（うしみつどき）まで待機だ。それまで少し休む。起こす必要は無い」

そう言って、ベッドの上に横になってしまったのだ。

私は、ううー、と髪をかく。

再び怪異に触れざるを得ないということと、生駒さんと部屋の中に二人きりという

状況は、正直、不安でいっぱいだ。

私は腕を持ち上げ、眉間に皺を寄せながら、白衣の袖を振り、大きく溜息。

「というか、まさか東京に来てまでこの格好をさせられるとは思わなかった……」

死ぬほど面倒だった家のお手伝いのことを思い出すということもあるけど、それ以上にやっかいなのが、この格好をしていると、時々しか見えなかったはずの黒い靄がいつも以上に見えやすくなってしまうということ。

おばあちゃんによれば、憑坐（よりまし）としての衣を纏（まと）うことで、私の姿はより隠世から見えやすくなるということで、はっきり言って怖い。

昔、実家の手伝いで、死んだ魂が集まるという地元のお山に登ったときも、巫女服を着ていたせいで、いつも以上に靄を見てしまい、瘴気（しょうき）みたいなものにあてられてぶっ倒れたという苦い思い出もあるわけで。

この格好で隠世に行ったりしたら、今度は一体なにが見えるんだろう。いやだなあ。

私は大きく深呼吸をして、改めて部屋の四方の壁に張られた呪符を見渡す。隠世に入るなら、一体どこからになるのだろう。部屋の中に入口が出来たりするのだろうか。

そんなことをつらつらと考えていたら、テーブルに置いたスマホがぶるっ、と震えてバッテリー残量が少なくなったことを告げた。

しまった。充電器、持って来てたっけ、と鞄を覗き込んだとき、中に入っていた一冊の本の背表紙が私の目に止まった。

『山中他界論序説　著・生駒由香里』

表紙に地元の山、本文中には岩肌と、水子供養の風車を撮った写真が掲載されている。

この本を研究室で見つけたとき、著者と生駒さんの関係が気になったんだけど、ちょうど鳴神先輩に声をかけられてしまったこともあり、うっかり持って来てしまったんだった。

「用意は終わったのか」

突然、上から声が降ってきた。

「…………っ⁉」

驚きのあまり、本が床に滑り落ちた。

「い……、生駒さん……」

いつの間にか起きてきた生駒さんが、私をじっと見下ろしていた。

「お、脅かさないでほしいんだけど……！　って、あ……」

生駒さんがおもむろに本を拾い上げ、中を捲る。

「あの、その本……」

奥付と背表紙をじっくり見た後、私に返しながら淡々と言った。

「僕の母が書いた本だ。久しぶりに見たな」

「……や、やっぱり、そうだったんだ……」

あっけなく疑問が解決したことで、拍子抜けする。

「お母さんって、大学の先生をやっているんだね」

「正確には、やっていた、だ。母は僕が小学生の頃、行方不明になった」

「…………え？」

驚いて生駒さんの顔を見上げる。

照明が暗いせいか、生駒さんの顔色が微かに悪いような気がする。

「シャワーを浴びてくる。その後、仕事にとりかかる」

その話はそれ以上するな、ということなのか。生駒さんはそれだけ言うと、浴室へと姿を消した。

それから、しばらくしてお湯の音が響いてくる。

私の頭の中では、生駒さんが言った言葉が繰り返される。

行方不明……？

一体なにがあったんだろう。あの言葉だけではよくわからない。

あとで聞いてもいいのかな。

でも、なんかあまり言いたくなさそうな雰囲気だったし……。

どうしよう……。


——ガンッ！


そのとき、突然、なにかがぶつかったような鈍い音がした。

え……。なに……？

私は半分、腰を浮かした状態で固まった。

今の、浴室からだったよね？

脱衣所の方へとそろそろと歩いて行き、クリーム色の扉をノックする。

「あの……、大丈夫……？　なんか、大きな音、したんだけど……」

返事は、無い。一瞬躊躇ったものの、

「開ける……、ね……」

ゆっくりと扉を開き、隙間から中を覗く。

広い脱衣所の壁際。身体にバスタオルを巻いた生駒さんが、壁に背中を預けて目を瞑っていた。

顔は血の気が引いて真っ青で、呼吸をする度に、意外に厚い胸板が上下している。

ややあって、生駒さんは目をうっすらと開くと、視線だけを私に向けて、いつもに比べると少しだけ小さな声で言った。

「ああ……、悪い」

それから、右手で髪をくしゃりとかき上げ、

「少しのぼせただけだ。心配はいらない」

「いや、そんなこと言われても普通は心配するってば！」

さっきの音だって、きっとよろけた拍子にどこかにぶつけた音だと思うし。

「なにかするから言ってよ」

「必要、無い。君は外で待機していろ……」

やや苦しそうなしゃべり方。

「そういうわけにはいかないって！　ちょっと待ってて、氷枕を用意するから！」

待て、という生駒さんの擦れ声を無視して、私は急いで脱衣所を出ると、部屋備え付けの冷蔵庫を開く。

だけど、氷らしきものは見当たらない。とするならば、ホテルの人に頼むしかない。部屋を見回し、デスクの上にある内線電話を見つけた。受話器を取り上げ、フロントの番号をダイヤル。

「……ん？」

おかしい。十回以上鳴らしているのに、誰も出ない。

一度受話器を下ろした後、もう一度ダイヤル。それから、再び十数回待ったけど、誰も出ない。フロントが混んでいる？　深夜なのに？

電話がつながらないなら、直接行くしかない。

私は部屋の扉を開け、スリッパを足につっかけて、廊下に出る。左に折れ、左右にドアが並ぶ廊下を走っていく。エレベータホールは確か、角を曲がったところにあったはずだ。

けれど、勘違いだったか、角を左に曲がっても、先にはまっすぐな廊下が続いていた。

足早に駆けだしたところ、白衣と袴の衣擦れで、そこで私は自分が巫女装束のまま外に出て来たことに気付いた。けど、今はそれよりも氷を取ってくる方が先だ。

廊下を走り、次の角をまた左に曲がる。

「…………あれ？」

その先も廊下が続いていた。さすがに私は首を傾げて立ち止まり、背後を振り返る。

なんの変哲もない廊下……。

というか、この廊下、こんなに薄汚れていたっけ？

ピンク色の絨毯はくすんでいて、なにかを零したような染みや、煙草（たばこ）の焦げ跡が目立ち、両脇の壁も、全体的に黄ばんでいる。天井の蛍光灯のいくつかは薄暗く、中には切れかけているものもある。それぞれの扉の上には、まるで手術室の赤いランプのようなものがついており、そこに部屋番号と思しき三桁の数字が書かれている。

おかしい。私達が泊まっていたのは、塵（ちり）一つ落ちていなさそうな、とても綺麗な高級ホテルだったはずだけど。

と、廊下の突き当たりに掲げられた一枚の看板が目に入った。

「ホテル・ラブメルシー。ご休憩……？　二時間、三千……五百円……？」

この料金表って、まさか……。背中を冷たい汗が伝う。

これって、つまり、男の人と女の人があいうことをする、ホテル……、だよね……？

いや、岩手にもあったけど……、高速道路のインターチェンジの傍とかに。高校の同級生が行って、先生に捕まったりしていたけど。

でも、なんで、私、そんなところにいるの？

あまり考えたくはないけれど、おそらくここは、……『隠世』。

私は気が付かないうちに、再び『隠世』に入り込んでしまったのだ。しかも、今回は生駒さん無しに、たった一人で。

慌てていたせいで、スマホも部屋に置いてきてしまい、連絡を取る手段も無い。

不安が一気に押し寄せてくると同時に、私の中に別の焦りが生じる。

「氷……、早く持って行かないと……」

体調が悪い生駒さんを部屋に一人きりにしているのだ。とにかく一旦、この妙な場所から抜けて、現世に戻らなくちゃいけない。

私は、元来た道を足早に戻り始める。

角を右に曲がり、廊下を走り、また角を曲がり、走り……。

「う……。これは……」

いくら走っても、全く代わり映えのしない光景が続く。こういうの、ＲＰＧゲームとかでやったことがある。同じ場所をぐるぐる回らされる罠だ。

足を止め、うーん、と天井を仰ぐ。額を冷たい汗が流れる。ここから抜ける方法はないのかな？　ゲームとかだと、一定回数回った後、反対に回るとか……。

そう考えたところで、不意に両脇に並んでいる数多（あまた）の扉が目に入った。扉の上にある部屋番号が書かれたランプ。赤く点灯しているものもあれば、消灯しているものもある。

手当たり次第に、扉を開けてみるしかない。

とりあえずランプが点灯している扉に近付き、恐る恐るノブを回すが、鍵がかかっていて開かない。消灯しているランプの扉も同じだ。

と、少し先に点滅しているランプがあることに気付いた。

まるで私を誘っているかのように思えたけど、恐る恐る近付き、扉の前に立つ。

扉の中から、風の唸り声が聞こえる。まるで深い谷の底から吹き上がってくるかのような音。そして、それに混じって、微かに聞こえる、なにかの泣き声。

——赤ん坊……？

一瞬、躊躇ったものの、震える手でドアノブをつかもうとし——。

「ひゃあっ——!?」

唐突に、なにかに袖を思いっきり後ろに引っ張られた。

バランスを崩し、私は派手に尻餅をつく。

「いたた……」

お尻をさすりながら、起き上がりつつ、恐る恐る周囲を見渡す。

そして、ハッ、と息を呑んだ。

傍に白無垢を着た少年が立っていて、私をじっと見つめていた。

黒い髪を後ろで縛った、細身の少年。薄暗い闇の中でも、その透き通るような青みがかった大きな瞳と、光を反射する白い肌は目立って見えた。

その瞳には見覚えがあった。どこで見たのかは、はっきりとは思い出せないけど。

彼が私の袖を引っ張ったのだろうか？

「ねえ、君……」

声をかけようとしたその瞬間、私は言葉を失った。

少年の襟元に、気付いてしまったのだ。

——左前。

すなわち、死装束だ。

少年と目が合う。何故かその目は少しだけ悲しそうだった。

それから彼は小さく頷いてみせると、ゆっくり廊下の奥に向かって歩き出す。

ついてこい、ということだろうか？

私は震える膝を思いっきり叩いて、恐怖心を身体から追い出すと、少年の後を追う。

彼は一瞬こちらを振り返って、私がついてきているのを確かめると、廊下の端の角を右手に折れる。

「ねえ、どこに行くの⁉　私、生駒さんのところに戻りたいんだけど！　というか、君は一体なんなの……？」

返事は来ないとわかっているが、聞かざるを得ない。

相手は普通に歩いているように見えるというのに、小走りでないと追いつけない。

やっぱり、普通の人じゃない。

それからどれくらい走っただろうか。いくつかの角を曲がったところで、不意に目の前に、並んだ夫婦が象られた石像――道祖神が現れ、その脇に少年が立っていた。

なんでこんなところに道祖神が？　という疑問は一旦おいて、私は額の汗を手の甲で拭いながら、少年に近付いて言う。

「少しは説明してくれてもいいんじゃないかなっ⁉」

だが彼は、無言のまま、顔だけを右に向けた。それにつられて私もそちらに視線を向け、そして、「あ……」と呟いた。

扉が開いていた。上のランプは青色。

部屋の中は真っ暗で、どこからか水のようなものが流れる音が聞こえる。

「この中って……？」

尋ねると彼は小さく頷いた。入れ、ということだろう。

もしかすると、この部屋が、隠世からの出口だったりするかもしれない。

私は一瞬躊躇った後、彼の脇を通り過ぎ、部屋の中に足を一歩踏み入れる。

入ってすぐ左手の壁にあった、照明のスイッチと思しき突起を押し込むが、室内は暗いまま。

仕方無い、このまま進むしかない。

私は少年の方をじろりと睨んで言った。

「いきなり、扉、閉めたりしないでよね？　私、お約束は好きじゃないから」

彼は頷くこともせず、ただ、私をじっと見つめるのみ。

私は深呼吸すると、そろりそろりと室内へ進んでいく。彼が私の後をついてくる気配は無い。

もし今、手元にスマホがあれば、液晶画面を灯り（あか）の代わりに出来たのに、と思うものの、仕方が無い。

室内はそこそこ広く、目が慣れるに従って、家具とおぼしきものがぼんやりと見えてきた。大きなテーブルにソファ、そして、部屋の中央に置かれたダブルベッド。室内には、誰もいない。窓は磨(す)りガラスになっていて、外は見えなかった。

ベッドの上には、折り紙の鶴が二つ置かれていた。こういうホテルでも、こんなことやるんだなぁ、なんてことを考える。

そして、折り紙の傍らには、何故かノートパソコンがあり、ディスプレイにはアプリゲーム『モンスターアクション』のグラフィックと、英単語の羅列――プログラムだろうか――が表示されていた。

水の音は、浴室の方から聞こえていた。

息を詰めて扉をノックするが、中から反応は無く、私はそっと扉を押し開く。

透明なガラス製の扉の向こうに湯船と洗い場があり、何故かシャワーの蛇口が開きっぱなしになっていた。

私は裸足(はだし)になって、水を止める。

「冷たっ……」

手にかかった水飛沫(みずしぶき)を袴で拭きながら浴室から出て、ほっと深く息をつき、そして視線を上げたときだった。

「……………！」

――ベッドの上に誰かいた。

長い髪を乱れさせた女性。ガウンの胸元をはだけさせ、膝に毛布をかけた状態で、力なく座り込んでいる。その傍には、先程のノートパソコンが一台。

さっきは、いなかったよね……？

背中が恐怖で粟立つ一方、その顔を見て、ハッと気付く。

「柴田さん……！」

写真で見た顔だった。

私は急いでベッドに駆け寄ると、呆然とした様子の彼女の肩を揺する。

その目は虚ろで、顔は私の方に向けるものの、すぐに興味無さそうに視線を落とす。

「柴田さん、帰りましょうよっ。みんな心配していますよ！」

腕をつかんで引っ張り、いくら呼びかけても、彼女は両手を膝にかけた毛布の中に入れたまま、頑なにそこから動こうとはしない。

仕方無い。私は毛布を彼女から引っぺがし——

「…………っ!?」

言葉を失う。

彼女の膝の上に、赤黒いなにかがあった。ラグビーボールくらいの大きさで、一定間隔で表面が微かに上下している。

そして、そこの表面から、紐のようなものが飛び出し、彼女の両手を縛るかのように巻き付いていた。

なに……、これ……。

呆然と見ているうちに、そのなにかが、おもむろに動き出す。小さく動いているそれは――手、足。そして、赤黒い紐は、……おそらくは、臍の緒。

――赤ん坊。

くるりと寝返りをうち、赤ん坊は、私を見て、そして、次に彼女の顔を見た。光の宿っていない瞳。一切の泣き声を発することもない口。

臍の緒をつけたままの赤ん坊は、そのまま彼女の体をよじ登っていく。

そして、細い腕を伸ばすと、両手を彼女の首に回し――

「だめっ！！！！」

思わず私は叫び、そして、力一杯、柴田さんをベッドの上から引きずり下ろす。

シーツの上に取り残された赤ん坊は、四つん這いで、昏い瞳を私達に向ける。

「立ってください！　逃げましょう！」

床の上にくずおれた柴田さんの両腕を握り、引きずるようにして出口へと向かう。

そして、私は気付く。

浴室の扉が微かに開いていた。そこから黒い小さな影が、私達をじっと見ている。

よく見ると、トイレの扉の隙間からも、僅かに開いたクローゼットの扉からも、小さな影がこちらを見つめている。

私は必死に彼女を引きずりながら、出口へと向かう。

「うっ⁉」

と、私の両方の足首を誰かがつかんだ。

視線を落とすと、二人の赤ん坊がそれぞれ私の足をつかみ、見上げていた。

言葉が出ない。喉が一気に干上がる。

部屋のどこからか、更に別の赤ん坊の泣き声が聞こえてくる。

火のついたような泣き声が、重なっていく。その数は——七人。

——七人の赤ん坊。

頭が回らない。どうすればいいんだろう。魔除け（まよ）の術とか知らないよ！

呪詛（じゅそ）のような赤ん坊の泣き声が、部屋の中で反響する中、私は柴田さんの身体をしっかりと抱きしめる。

足首をつかむ赤子の力がますます強くなっていく。

もう、駄目かもしれない……！

そのとき、

――シャン！

部屋の中に金具の音が、大きく響いた。

途端、赤ん坊の泣き声がぴたりと止み、私の足首をつかむ力が緩む。

「生駒さん……!!」

振り向くとジャケット姿の生駒さんが、部屋の入口に立っていた。手には金属の輪っかがいくつもつけられた杖――山伏の道具である錫杖を握っている。

「全く勝手なことばかりされては困るな」

「か、身体は大丈夫なの!?」

声はしっかりしているし、顔色はさっきより良くなっているように見えるけど……。

「そんなことより、今は自分の身を心配しろ。僕の後ろに回れ」

「う、うん」

私が柴田さんを連れて、その背中に回ると、彼は素早く九字を切る。

直後、七人の赤ん坊が一斉に火がついたように泣き始めた。

飛び出るくらいに目玉をひんむき、赤ん坊とは思えない動きで、部屋の隅へと逃げていく。苦しみに喉をかきむしり、小さな四肢をばたつかせる赤ん坊の形をしたなにか。

まるで、レイドバトルに出てくるモンスターみたいだ。

「や……、やめて……」

擦れたような声が真横から聞こえた。そして、柴田さんは私の手を振りほどくと、たどたどしい足取りで、赤ん坊達のもとへと歩き出そうとする。

「ごめん、ごめんなさい……！　みんな、みんな、私が悪いの……！」

その両目からは涙が止めどなく零れ落ちている。

「お金、無かったの……！　だから、仕方無いの……！　こうするしか、私は生きられなかったの……！」

「柴田さん、駄目です！」

私は腕をつかんで必死に引き留めようとするが、彼女は赤ん坊達のもとに向かうべく、それを強引に振りほどこうとする。

生駒さんの真言とともに、何枚かの呪符らしきものが宙を舞うと、赤ん坊達の泣き声は、もはや絶叫、いや、獣の咆哮(ほうこう)に近いものになっていた。

明らかに人ではない、なにか、ということだ。

私は柴田さんを後ろから抱き留めながら、生駒さんに尋ねる。

「これからどうするの……⁉」

「決まっている。悪霊は強制的に滅する」

……滅する？

冷たく、そして、微かに怒りの色が混じった声に、私は不安を覚えて聞いた。

「それって……、お山に帰るってこと……？」

山に帰る、とは、私の地元で、お葬式のときなどによく言われていた言葉だ。

あの人は、お山に帰ったんだよ。山には、ご先祖さまがいらっしゃって、あの人もこれからご先祖さまと一緒になって、楽しく過ごすんだよ、って。

私の脳裏に地元の山の光景が浮かぶ。元々は火山で、ごつごつとした岩が転がる荒涼とした土地に、色とりどりの、水子を供養する風車が、風に吹かれてからからと音を立てて回っている。

鳴神先輩に連れられて行った、民俗学研究室の部屋で見た本……、生駒由香里さんという人が書いた本にも、その写真は載っていた。

けれど、生駒さんは微かに顔をしかめて言った。

「山に帰すことは出来ない。悪霊は、山には登れないからだ」

私は、涙でぐしゃぐしゃになった柴田さんの顔を見て、思わず叫ぶ。

「それじゃ、意味無いじゃん……！」

想像だけど……。柴田さんは、罪悪感を覚えているのだ。自分の中に宿った命を、自らの手で絶ってしまったことを。

赤ん坊達は、既にどろりとした肉塊へと変わり果てていた。粘性のある液体が、まるで溶岩流のように流れ出す。ベッドの上に置かれたノートパソコンを飲み込み、私達に迫ってくる。

「時間が無い。片付けるぞ」

生駒さんが、懐から呪符を取り出し、人差し指と中指の間に挟んで構える。

「待って！」

私は思わず叫んでいた。怪訝な顔で生駒さんが私を見下ろしてくる。

こんなのって、駄目だ。誰も救われないよ……！

私はしばらく考え、拳を握りしめる。

……こうなれば、駄目元でやってみるしかない。

「生駒さん！　少しの間、柴田さんをお願いします！」

そう言うと、私は柴田さんを生駒さんに押しつけ、黒い肉塊に向かって走り出す。

「おい……！」

後ろから少しだけ驚いたような生駒さんの声が聞こえたが、止まることはない。

私はベッドの裏側に回り、床を這うようにしてあるものを探す。

どろりとした肉塊から生えた小さな手が、私の腕や足を次々につかんでくる。

「あった……！」

目的のものは、ベッドの下に落ちていた。

——折り紙で作られた、二つの鶴。

私がそれらの鶴を解いて、元の折り紙に戻すなり、その紙を奪い取ろうと、周りから沢山の手が伸びてくる。

「ああもう！　大人しくしていてよ！」

手で払いのけても、次から次へと邪魔が入る。

そのとき、生駒さんの真言が部屋の中に響いた。肉塊がひるみ、動きが緩慢になる。

ハッとして振り返ると、生駒さんが小さく頷く。

「なるほどな。君がやりたいことはわかった。早くしろ」

一瞬、ぽかんとした後、「う、うん……」と頷き、それから、私の手の中に、小さな風車の折り紙が完成する。かつて、お山の上で見た、水子の霊を慰めるために、からからと風に吹かれて回っていたものと同じだ。

指で中心をつまんで息を吹きかけ、くるりと回り始める風車を、私にまとわりつこうとする赤子の手に向ける。もし私の考えが正しければ、これで水子の霊はいなくなる。

ややあって、肉塊は再び赤ん坊の形を取り戻す。

「う、うまくいった……!?」

……だけど。

「ひ、ひえっ……!?」

形を取り戻しただけで、赤ん坊達は動きを止めることなく、私の両腕をつかもうと迫ってくる。慌てて逃げようとしたところに、生駒さんが駆けつけ、私の身体によじ登りかけていた赤ん坊を引き剝がした。

「い、生駒さん……!」

「君の発想は悪くはない。だが問題は、君がきちんとあの本を読んでいなかったということだ。中途半端に身につけた知識ほど質(たち)の悪いものはない」

「………へ？　どういうこと？」

「そもそも『水子供養』は、戦後、医療関係者を中心にして始められた新しい風習だ。

昔からある民俗ではない」

「………⁉」

わらわらと迫ってくる赤子の手を呪符で退けながら、生駒さんが淡々と続ける。

「一九四八年の優生保護法制定で、人工妊娠中絶が急増。一九五五年には届け出分だけで、年間約百十七万件あった。これは、今の年間出生数である九十万人よりも多い数だ。そして、その施術に関わり、精神的な負担を感じていた医療関係者を中心に水子供養が始まり、それが次第に全国に広がり、一九八〇年代に全国的なブームとなった」

「じゃ、じゃあ、風車で供養するというのは……！」

「意味が無いとは言わない。ただ、修験の体系に則った儀式ではない以上、中途半端な効果しかない」

息を呑んだ。だから、肉塊から赤ん坊に戻すことしか出来なかったのか。

「そうしたら、どうすれば……！」

生駒さんの言う通り、このまま消滅させるしかないの？　もともと、この子達が悪いわけじゃないのに……！

数秒間、生駒さんは私の顔をじっと見た後、言った。

「一つだけ方法がある。……だが、それは、その場しのぎの対応だ。根本的な解決にはならない以上、気は進まない」

「で、でも、消滅よりはいいよね⁉」

生駒さんは、「わかった」と頷き、人差し指と中指を顔の前に構え、真言を唱え始めた。

途端、私達に襲いかかっていた赤ん坊達が、一斉に火がついたように泣き出した。赤ん坊の一人が苦しそうに顔を歪（ゆが）めつつ、一方でどこか悲しそうな表情で、右手を伸ばしてくる。私は思わずその手を取る。直後。

——オン！

生駒さんの発した力強い声とともに、赤子の手が光り、さらりとした砂の粒子へと変わっていく。

「あっ……」

粒子は、一筋の流れとなって窓の方へ向かって行く。それに合わせて部屋の窓が外に開き、渋谷の路地裏へと繋がった。

そして、真正面には、夫婦を象った道祖神。

「光っている……⁉」

石像全体が、硝子細工のように、青く薄ぼんやりと光っていた。

赤子だった粒子の流れが、その中へと吸い込まれていく。

生駒さんの真言が一際大きくなったかと思うと、唐突に終わった。

同時に、全ての粒子が道祖神に吸い込まれ、赤子の泣き声も聞こえなくなると、最後に窓がばたりと音を立てて閉まった。

しんと静まり返った部屋の中で、私は呆然とその場に座り込む。

生駒さんが、小さく深呼吸をして言った。

「一段落だ。だが、結局、同じことの繰り返しになるんだがな」

ややあって、部屋の内装が、元々泊まっていたスイートルームへと戻っていく。

「一体、なにがどうなって……」

戸惑いながら辺りを見回すと、部屋の隅にくずおれている、半裸の柴田さんの姿を見つけた。

「ああ……、ああああ……」

両拳を床に打ち付けながら、声にならない声でむせび泣いていた。指の爪が割れ、血が滲んでいる。

「し、柴田さん……！」

止めようと近付いたとき、彼女がびくりと身体を強張らせた。その視線の先にあったのは床に置かれたノートパソコン。

彼女は、突然、それを両手でつかみあげると、勢い良く壁に向かって投げつけた。

硬い物がぶつかる音とともに、パソコンが床に落ちる。ディスプレイに亀裂が入り、電源ランプが消える。

「あんな……、あんなアプリ……！　作るんじゃなかった……!!」

……アプリ……？

「うわあ――――っ！」

どういうことだろう？　疑問に思ったものの、とりあえず私は、その場に泣き崩れた柴田さんの肩にそっと毛布をかける。

不意に肩を叩かれて見上げると、そこに相変わらず無愛想な生駒さんの顔があった。

「大丈夫か。怪我はないか」

「う、うん……」

「そうか、それなら良かった」

もしかして、心配してくれている……？　自分だって体調は万全じゃないはずなのに。……いや、それよりも。

「ええと……、この状況、多分、上手くいったってことだよね？　でも、一体、どういう理由で？　あの石像……、道祖神はどういう意味なの？」

「ああ。水子供養の風習が広まる前、幼児が死んだときは、その遺体を家の地面の下や、辻や橋のたもとにある道祖神の下に埋めることが多かった。そのやり方を踏襲したまでだ」

「それって、つまり、現世と隠世の境目ということ……？」

「そうだ。七歳までは神のうち、と言われたとおり、幼児は現世と隠世の間にある不安定な存在だ。それゆえ、境界に埋葬することにより、浄土に赴かせることなく、すぐに現世に戻すことが出来る、すなわち、すぐに新しい子を授かると考えられていた。母の本によれば、縄文集落の発掘現場でも、住居の下からはよく子供の骨が見つかるという」

　全身が総毛立った。

「とはいえ、この渋谷という、望まぬ妊娠が起こり得る土地で、そのような対処をしたところで、結局は、新たな『渋谷七人ミサキ』になるだけだがな」

「だ、だけど……！　もしかしたら、次は望まれて生まれてくることが出来るかもしれないし！　その可能性を潰すことは出来ないよ！」

私の言葉に生駒さんは少し驚いたように目を見開く。

「なるほど、君はそういう考えか……」

気まずい沈黙が私達の間に横たわる。

と、生駒さんは、今度は、少し複雑な表情になって、

「いや……、やはり、その考えは良くないな」

急に私の肩をつかみ、顔をぐっと私に近付けてきた。

「……へっ⁉」

透き通る瞳に見つめられ、心臓が大きく跳ねる。

「『異界エレベータ』のときは、なかなかやるものだと感心したが、君はややおせっかいが過ぎる傾向がある。隠世に関わる相手に対して、必要以上に入れ込みすぎると、そのうち取り込まれるぞ」

「えと……」

「いかなるときにも、山伏の道具たる巫女は冷静でいろ。これは業務命令だ」

もしかして、生駒さん、少し、怒っている？　なんで？

一方的に言うと、生駒さんは私から顔を離した。

「……とはいえ、君の働きはそれなりに評価している。これからも期待している」

それから、スマホを手にし、刑事さんに電話をかけ始める。

「な、なによ一体……」

私は小声で呟きつつ、生駒さんの横顔を睨んだ。

5

翌朝の八時半過ぎ、人でごった返すホテルの朝食バイキング会場にて、スーツ姿の私はトレイを手に持ったまま、色々な料理の並ぶテーブルの間を行き来していた。

焼きたての何十種類ものパンとか、その場で切り分けてくれるジャンボハムとか、沢山のフルーツとか、それに加えて、海鮮丼とか、点心とか、ステーキとか。

ついつい目移りしてしまい、トレイの上は和洋中ごちゃ混ぜの状態だ。一仕事終えたわけだし、思う存分食べるぞ！　と、睡眠不足の中、気合いを入れる。

もっとも、自分でも、これは空元気だという自覚はある。

昨晩、警察に保護されて部屋を出て行くときに見せた、柴田さんの生気を失った表情が頭にこびりついて離れない。

落ち込みそうになるのを、料理に意識を強引に向けることで、なんとか堪える。

うん。まずは美味しいご飯を食べよう。足りなかったらお代わりしよう、と、穏やかな朝の光が差し込む窓際の席に向かうと、生駒さんは既に食事をあらかた終え、食後のコーヒーを飲んでいるところだった。

「え、早くない……？」

「食事の目的は、仕事に必要なエネルギーを摂取することにある。長時間の食事は効率的ではない」

「だったら、ゼリー飲料でいいんじゃない？」

「そうだな。完璧な栄養食を作ろうとしているスタートアップに、昨年、我が社として出資をしたところだ。商品の完成が楽しみだな」

「…………はあ」

なにも言う気がおきない。

昨晩は体調を崩していたようだったけど、今はもう全然平気みたいで、いつも通りの無愛想な生駒さんだ。なんか心配して損したような気がする。

「……とはいえ」

と、生駒さんはコーヒーカップをソーサーに置きながら言った。

「食事の時間は、ビジネスパートナーとの大事な商談の場でもある。場の演出として、彩りよく盛りつけられた料理も重要だ」

「あ、このローストビーフ、すっごく美味しい。いくらもぷちぷちして、寿司飯と合うなあ。美味しいお料理は、作った人達に感謝して食べなくちゃいけないよね！」

　あえてスルーしてやった。

　それからしばらく黙々と食事をし、私が最後のデザートに移ったところで、突然、生駒さんが顔を上げて言った。

「それより、今さっき、若山刑事から連絡があった」

　スプーンを持つ私の手が止まった。

「先程、矢野准教授と、そして、柴田梨子の逮捕状を取ったということだ。容疑は売春行為のあっせん。これから捜査の上、共犯者の有無について調べることになる」

「…………え⁉」

　大きな声が出てしまい、周りの視線が一斉に私に向けられた。

「ど……、どうして、柴田さんが逮捕されなくちゃいけないの？　柴田さんは被害者じゃないの⁉」

　生駒さんが、胸ポケットからスマホを取り出し、テーブルの上に置いた。そこには、ゲームアプリ『モンスターアクション』のスタート画面が表示されている。

「ゲーム開始時に、SNSのIDが要求される。これは、SNSに登録された個人の属性情報――年齢、性別、居住地、趣味、学歴、年収といったデータを吸い上げてスコア化し、レイドバトルの際に、自動的に相性の良さそうな男女をマッチングするためだ」

「え……」

確かに、昨晩、私もSNSのIDを入れた。

そして、生駒さんが画面をタップし、バトル画面のチャットウィンドウを呼び出す。

「そういう目的を持つ男性プレイヤーは、ここで相手方の女性をプライベートチャットルームに誘導する。ここでのポイントは、男性側は課金が必要だが、女性側にはゲーム内通貨の報酬が支払われるということだ。そして、プライベートモードでは、その報酬を、ギフト券や現実の通貨に交換する『市場』も設けられている」

息を呑んだ。

「加えて、プライベートチャットでは、男性の要求に応えるレベルに応じて、獲得出来る報酬がつり上がるように設定されている。ビデオチャットの要求、デートの要求、そして……、後は君の想像通りだ」

生駒さんが、微かに顔を曇らせて言った。

「つまり、このアプリは、ゲームの皮を被った援助交際アプリだった、ということだ。そして、矢野准教授と柴田梨子は、これを共謀して開発、運営していたというのが警察の見立てだ。なお、既にアプリのソースコードは押収し、警察から委託された当社の技術部門が解析に入っている」

私は食器の上に、スプーンを置いた。食欲はすっかり失せていた。

「ちょっとよくわからないんだけど……」

そして、顔を上げて生駒さんの目を見つめて言った。

「どうして、柴田さんは、そんなアプリの運営に関わっていたんだろう。真面目で、成績優秀な人だって聞いていたのに……」

脳裏に彼女の泣き顔が思い起こされる。

生駒さんが、表情を変えずに淡々と言った。

「鳴神に調べさせたところ、柴田梨子は母子家庭で金銭的な余裕が無く、学費の納付が遅れがちで退学を考えていたそうだ。その際に、矢野准教授が彼女への金銭的な援助を申し出たらしい。条件は二つ。自分が経営するアプリゲーム会社の業務を手伝うことと、そういう行為に同意すること」

「ひどい……」

「とはいえ、こうなったのも自己責任だがな」

「…………なっ！」

思わず大きな声が出て、再び周りの人が一斉にこちらを振り向いた。

さすがに私は憤りを隠せず、低い声で生駒さんを睨むようにして言う。

「自己責任って……、母子家庭なのは本人の責任じゃないよね⁉」

「その通りだ。だが、彼女は、金銭的な余裕が無い以上、進学せずに働くという選択肢をとるべきだった。無理に進学し、学費を稼ごうとした結果が、犯罪者だ。つまり、彼女は判断を誤ったということだ。もし本当に進学したいなら、最初にきちんとした資金を確保すべきだった」

「それは、勝ち組の意見だよ！　貧乏人はご飯を食べるな、と言っていることと同じだと思う！」

生駒さんが、目を細めて私をしばし見つめ、そして、静かに言った。

「まあ、そうだな。その意見は否定しない。……ゆえに、勝ち組には勝ち組ならではの社会的責任がある」

「…………どういうこと？」

言葉の意味が理解出来ずに尋ねるものの、彼はスマホの画面にさっと目を走らせて、

「彼女が書いたというソースコードは確認した。このスキルレベルなら、将来的に我が社で活躍することも出来るだろう。うちは徹底的な実力主義だからな。勿論、入社試験は受けてもらう必要はあるが」

「……それって……」

一瞬、言われたことがわからなくて、私は目を瞬かせる。

生駒さんがおもむろに立ち上がって言った。

「先に行く。十時からミーティングがあるんでね」

なんと言えばいいかわからず戸惑っている私を置いて、彼は出口に向かって歩きかけ、そして、不意に足を止めて肩越しに振り返った。

「……ああ、それと」

「うん……？」

生駒さんの予想外に険しい顔つきに、私は戸惑う。

「昨晩、隠世で君を案内したという白無垢の少年について、後で詳細なレポートを送ってほしい。彼が持っていた道具はなにか。どういう動きをしたのか。君になにか喋ったのか。どんな細かいことでもいい。思い出せることはなんでも書いておいてほしい」

「え、ええと……。勿論。いいけど……」

予想外の指示に、戸惑う。

確かに、昨晩、私が隠世で見たものについて生駒さんに説明していた際、白無垢の少年と出会ったことを話したら、生駒さんには珍しく驚いた表情をしていたけど……。

それだけ言うと、生駒さんはフロアから出て行ってしまった。

胸の中がやけにざわつく。

でも、これ以上考えても仕方が無いわけで。

私はふう、と小さく溜息を吐き、デザートをお代わりしようと席を立ちかけたところで、ふと、生駒さんの先程の言葉にひっかかりを覚えた。

……十時？

「あれ……？」

スマホを取り出し、スケジュールアプリを見ると、今日の十時から、『語学オリエン　西校舎五〇二教室』と記載されていることに気付いた。

今の時間は、九時を過ぎたところ。のんびりとご飯を食べている場合じゃなかった。

私は顔面蒼白になると、慌てて席を立ち、まとめた荷物を手にホテルの外に出る。

そして、急いで駅に向かおうとしたところで、ホテルの前に鎮座している道祖神が視界に飛び込んできた。夫婦を象った石像の周りには、スマホを熱心にいじっている人達に、腕を絡ませて歩いているカップルの姿。

そのとき、どこからか赤ん坊の泣き声が聞こえたような気がした。

私は身震いし、それから逃れるように、渋谷駅へ向かって坂を駆け下りていった。

三の章　きさらぎ駅

■匿名掲示板『9ちゃんねる』に十年前に投稿された、「きさらぎ駅」に行った人の投稿

【ゆる募】　きさらぎ駅に行ったことある人、集まれ！　【異界駅】

1・名無しの怪異さん
いつもの通勤・通学の電車に乗っていて、無人駅「きさらぎ駅」に行ってしまった経験がある人、集まれ！

2・名無しの怪異さん
「きさらぎ駅」なあ。全駅踏破を目指している「鉄」として、何度もトライしている

んだが、どうしてもたどり着けない。

5・名無しの怪異さん
ごめん。今更だけど、「きさらぎ駅」って、なに？　どこにあるの？

7・名無しの怪異さん
>5
異界にある駅。いつもの通勤電車に乗っていた人が、気付いたら全然知らない無人駅に着いてしまって、それを掲示板で実況していたんだけど、そのまま行方不明になったという話。

54・名無しの怪異さん
もしかしたら、なんだけど……、今、俺がいる場所、きさらぎ駅かもしれない。
さっき、電車、降りたんだけど、周りになにも無い。
帰りの電車乗ってて、ちょっと会社で色々あったこともあって、ぼー、っとしてたら、しばらく電車停まってないよな、ってことに気付いて。

で、乗り過ごしたって思って、次に停まった駅で降りたら、なんか知らない駅だった。

72・名無しの怪異さん
＞54
駅名どっかに書いてない？

78・54
きさらぎ、って書いてあるわ……。やばい。

84・名無しの怪異さん
＞78
まじもん来た!!

93・名無しの怪異さん
＞54
何線乗ってたの？　どこからどこまで乗る予定だった？

１０２・54

＞93
中央線。三鷹で乗って、立川で降りるはずだった。
というか、今気付いたけど、ここ単線だ。

１７８・54

折り返しの電車が来ない。ちょっと周りを見てくる。

〜〜〜

９８０・名無しの怪異さん

あの後、54氏の書き込みがないんだけど、どうなったのかな。

９９２・名無しの怪異さん

釣りに決まってんだろ。

1000
このスレは終了しました。
これ以上の書き込みは出来ません。

1

四月も下旬になり、キャンパス内の桜の木々は、すっかり新緑に衣替えしていた。穏やかな午後の日差しの中、ベンチに座った私は、細かい文字でびっしり埋め尽くされた書類を一生懸命読み込んでいた。

「お！ あずっち、勉強熱心だねえ。感心感心！」

そう言って私の顔を覗き込んできたのは、バドミントンのラケットを持ち、髪をハーフアップにした女の子——鳩羽優衣。語学クラスの同級生だ。

「あー、これは勉強じゃなくて、アルバイト先の契約書類で……」

私が差し出した書類を手にすると、彼女は首を傾げた。

「……時給二千二百円。実力に応じて昇給あり。一ヶ月後に継続お祝い金として三万円支給。……え。大丈夫？　これって高すぎるような。変なところじゃない？」

「平気だって、ここ見てよ、ほら」

私は書類の下の方を指し示す。

「――どれどれ。えーと、大実(おおみ)電器株式会社・お客さまサポートセンター……？」

「大企業のコールセンターだから、ちょっと時給高めなんだよね」

優衣ちゃんが、青汁を飲んだかのような顔をした。

「うっへー。クレーム対応とかすっごく大変そうじゃない？　いきなりお客さんに怒鳴られたりするんでしょ？」

「あ、その場合は、すぐに社員さんが代わってくれるから平気だよ！　楽ちんというわけじゃ決してないけど、お給料は高いしやりがいのある仕事だって、説明を受けたし」

「へえー。じゃあ、あずっち的にはかなりおいしい仕事なんだ？」

「そうなんだよねー」

ようやくアルバイトの面接に合格したのだ。こっちでお金を貯めれば、きつくて危ない生駒さんの仕事を辞めることが出来るわけで。

書類を胸に掻き抱き、にこにこしていると、突然、こちらに近付いてくる人影があった。背が高くて、髪に紫や金のメッシュを入れた男。

「おー、梓ちゃん、奇遇だねー。この前はありがとねー！」

「げ」

民俗学研究科の大学院生、鳴神先輩。なんというか、相変わらず、チャラい。

と、先輩は私の目の前にいた優衣ちゃんに気付き、大げさに驚いてみせた。

「というか！　優衣ちゃんも一緒じゃーん！」

一方の優衣ちゃんは、露骨にげっ、という顔をする。

「この前の飲み会も、すっげー、楽しかったよー。みんなにもよろしく！　あー、あと、送ったLINE、既読ついてないんだけど、時間あるときに見ておいてねー」

「あ、すみません。ちょっとバタバタしていて。それじゃ、あずっち、私、授業あるから行くね」

優衣ちゃんは続いて、私の耳元に口を寄せ、

「あの人、気をつけた方がいいよ。毎回、何故か勝手に、色んな飲み会に現れるんだけど、顔はとにかく、話す内容があれな超がっかり案件だから」

そう囁くと、足早に立ち去ってしまった。

私はジト目で先輩を見る。

「先輩、飲み会でなに話したんですか？　すごく印象悪かったみたいですけど」

「えー、まじ？　俺、そんな変なことしゃべってないけど」

心底驚いたような表情を見せて、腕組みをすると、

「今、自分が研究テーマとしている、昭和最大の生物学者にして民俗学者である南方熊楠と日本民俗学の父である柳田國男の親交について、そして、南方マンダラと熊楠の奔放な論文構成との関係について、わかりやすいように話したんだけどなあー」

「…………そうですか」

なんというか、色々、ギャップが大きい人だ。

私が呆れていると、先輩がぽん、と、掌に拳を打ち付けて言った。

「あ！　それで、この前の渋谷の件について、確認しておきたいことがあったんだ！」

そして、先輩はいきなり私の隣に座ると、少しだけ声のトーンを落として言った。

「あのさー、梓ちゃんが、隠世で会ったっていう、白い服を着た男の子について、もう少し詳しく教えてほしいんだけどなー」

思わず息を呑み、先輩の顔を見つめてしまった。口調は軽いが、目は至って真剣だ。

「なんで、ですか？　……といいますか、どうしてそれを？」

隠世での詳しい話は生駒さんにしか、していなかったはずだけど。

というか、生駒さんもそうだったけど、先輩も白無垢の少年について、興味あるってこと？　彼は一体なんなの？

先輩は、「あー」と空を仰ぎ、

「俺さ、その隠世に出るっていう白い服を着た男の子、前から調査対象としてすっげー興味があってさー！　生駒さんから教えてもらったんだよねー」

うわ、なんかすごいとってつけたような説明。絶対、他に理由があるって言っているようなもんじゃない。

私は半ば呆れつつ、先輩に説明する。

渋谷のホテルの中に現れた隠世の中で迷っていたとき、突然、死装束を着た少年が私の前に現れて、無言で案内してくれた。その先には行方不明になっていた女子大生がいたんだけども、少年は私を案内してくれた後、いつの間にか姿を消していた。

「……っていう感じなんですけど……」

説明を終えた私が先輩を見上げると、相手は腕組みをし、難しい顔で黙り込んでいた。

「そもそも、あの男の子って何者なんですかね？　生駒さんもすごく気にしていましたけど、先輩、なにか知っているんですか？」

「…………」

「せんぱい？」

目の前で右手を上下に振ると、先輩はハッとしたように、

「あー、寝てたわけじゃないってば。……なんで、あいつ、消えちゃったのかなーって。そう思って。折角の機会なのになあ」

「あいつ……？　機会……？」

「ま、あんがとねー！　ちょっと調べるわー」

そう言って立ち上がると、鳴神先輩はちょっと慌てたようにどこかに行ってしまった。

一体、なんだったんだろう？　私が首を傾げていると、突然、手にしたままのスマホがぶるぶるっ、と震えた。

「げ」

画面に表示されたのは、ビジネス用チャットアプリの通知で、そこには、

『生駒ＣＥＯ：十四時にオフィスに来い。緊急の来客有り』

という文言。

「十四時って……、あと一時間しかないじゃない‼」

一瞬、ぶっちしてやろうかと思ったけど、一応、今の時点では私の雇い主で、お金をもらっている以上、そういうわけにはいかない。

「ああもう！」

私は書類を鞄に詰め込むと、両拳を握りしめて立ち上がり、急いでキャンパスの外へ向かった。

2

渋谷にあるディープジオテック本社ビルの四十五階フロア。CEO室の他、VIP用のラウンジがあるこの会社の中枢で、特別に発行されたIDカードを持つ人でないと、直通エレベータが動かない仕組みになっている。

私はいつも通り、ガラス張りのエレベータの中から渋谷の街並みを眺めながら四十五階まで上がり、エレベータホールから広い廊下へと足を進める。

「あれ……？」

私は思わず眉を顰める。誰かが壁に背をもたれさせて立っていた。

……って、生駒さん……？

顔色は血の気が引いたように真っ青。胸のあたりのシャツを右手で固く握りしめながら、目を瞑って天井を仰ぎ、微かに荒い息をついている。

「ちょ、ちょっと！　どうしたの⁉」

思わず駆け寄ると、生駒さんは、目を薄く開け、少しバツの悪そうな顔を私に向けた。

「ああ。君か……。なんでもない」

初めて見る生駒さんの表情。

「なんでもなくないよね⁉　ちょっと、休もう！」

一瞬躊躇ったものの、いや、そういう状況じゃないとすぐに思い直し、生駒さんの左脇に自分の肩を入れ、応接室へと強引に連れて行く。

秘書の一条さんがいなかったので、生駒さんをソファに座らせた後、代わりにグラスに注いだ水を持って行く。

「……悪いな」

素直にそう言うと、微かに震える手でグラスをつかみ、飲み干していく。シャツから覗くほっそりした喉と、鎖骨のラインが目に入り、何故かどきりとして目を逸らす。

　ややあって、空になったグラスをテーブルの上に置くと、生駒さんは静かに呼吸を整えて言った。

「もう大丈夫だ。面倒をかけたな」

「ええと、でも、まだ顔色悪いよ？」

　さすがに心配になる。この前の渋谷のホテルでも、体調を崩していたし。

「少し忙しい取引(ディール)が続いていたからな。あと、このことは他言無用だ。代表の体調不安説が流れることは、ステークホルダーに動揺を与えかねない」

「あの！　仕事のことよりも、身体の方が大事だと思うんだけど！　それに、生駒さんのことを心配する人だっていると思う！」

「残念ながら思い当たらないな」

「私は心配するよ！」

「…………」

「生駒さん、無茶しすぎ。見ているこっちがハラハラするよ！　なんでもかんでも一人で背負い込むのやめてよね！」

　ぐっ、と相手の目を見上げる。

生駒さんはちょっと驚いたような顔で私を見たあと、視線を逸らして言った。

「……それはそうと、お客様をお迎えするのに、君のその格好はいただけないな。もう少しビジネスに相応しい格好というものがあるだろう」

「は……？」

私は視線を落として、自分の服装を確認する。

大学にいたときと同じ格好で、上はパーカーで下はジーパン。

「ええと、一時間前にいきなり呼びつけておいて、その台詞はないと思うけど？」

「いつ仕事が入るかわからない以上、ビジネスパーソンとして常に恥ずかしくない格好でいるべきだ」

「学生バイトにそこまで求める？　そのうち、ブラック企業認定されるよ」

というか、折角、心配してあげたのに、なにその言い方。

と、生駒さんは部屋の奥に視線を向けて私に告げた。

「右から二番目の扉を開けてみろ。服を用意している」

フロアの奥にあるその小部屋を開けると、中はウォークインクローゼットになっていて、私のための服がテーブルの上に置かれていた。

「げ……」

中で着替えて、外に出て来た私は、生駒さんを睨み付けながら、開口一番、

「なんで、また巫女装束なのよ？　というか、これがビジネスに適した格好？」

「本業務における、君の正装だろう」

「生駒さんの趣味じゃないの？」

揺れる白衣の袖を見ながら、小さく溜息を吐く。この前もそうだったけど、これ着ると、隠世の靄が見えやすくなるんだよなあ。

そのとき、部屋の扉が小さくノックされ、受付担当者とともにスーツ姿の人達が数名入ってきた。仕立ての良いスーツを着た、でっぷり太ったいかにも偉そうな人と、管理職らしい中年の男性、それに若い女性。

そして、私を見た途端、彼等は一斉に緊張に顔を強張らせて深々とお辞儀をしてきたので、私も慌てて頭を下げる。

「この度はご足労いただきまして恐縮です。こちらへどうぞ」

生駒さんがお客さん達をソファへ案内し、名刺交換。

あれ……？　受け取った名刺を見て、私はちょっと驚いた。

——大実電器株式会社
ここって、今度、私がアルバイトするところじゃない。

一瞬、目の前の人達に、『今度、私、御社のコールセンターで働くんです。よろしくお願いします！』とか挨拶した方がいいかな、と思ったものの、どうやらそういう雰囲気でもないので、口を噤む。

最初に挨拶した人の名刺の肩書きには常務と書かれてあった。まだ社会のことはよくわからないけど、たしか、大実電器は社員さんが十万人とかいるんじゃなかったっけ？　そこの常務ということは、滅茶苦茶偉い人なのでは？

お茶が運ばれてきてからしばらくの間、生駒さんとお客さんの間で、とりとめのない雑談が交わされる。雑談とは言っても、昨今の景気がどうとか、雇用情勢が厳しいとか、小難しい話ばかりで、聞いているだけで頭が痛くなってくる。

話しているのは主に生駒さんと常務の二人。一番右側、上座に座った常務は、時折大きな身体を揺らしながら、笑い声をあげている。それに対して生駒さんは穏やかな笑顔のまま、静かだけどよく通る声で受け答え。

なんか対照的だなあ、と思いつつ、会話の内容に興味を持てない私は、他の二人を観察する。

常務の隣に座って、愛想笑いを浮かべながら会話に相づちを打っている細身の男性は、名刺に総務人事部部長と書いてあった。顔色が悪く、目の下にクマが出来ている。

なんか、すごく疲れていそう。

そして、一番左、つまり私の目の前に座っているのは、黒髪ロングで、ベージュのスーツを着た、二十代後半くらいの女性社員。名刺の肩書きには、総務人事部人事課主任とある。まだすごく若い人なのに、大実電器の主任で、常務と一緒に同席しているということは、超エリートなんだろうな。ただ、気になったのは、この人もにこにこ笑って会話を聞いているものの、時折、ふっとなにか思い詰めたような表情を見せる点だ。

そんなことを考えていたら、彼女と目が合ってしまった。私が狼狽えていると彼女が微笑みかけてきたので、引き攣った笑顔を返してしまう。

「さて、アイスブレイクはこれくらいにして、本題に入らせていただきましょうかね」

常務はそう言うと、不躾に私に視線を向けてきた。

「そちらの巫女さんが、あれですかね？　悪魔払いとかしてくださるわけですよね？」

「……へ？」

「いやまあね、実は私は、そういうオカルトっぽい話は、全く信じていないんですけどね。ただ、御社にご相談すれば解決出来るという話を、弊社の警察ＯＢの顧問からアドバイスを受けましてね。まあ、じゃあ一度相談してみるか、ということになりまして」

　どこか嘲るような口調で言う。

「しかしまあ、あれですね。こういっちゃなんですが、今や飛ぶ鳥を落とす勢いのディープジオテックさんが、裏でこういう宗教をされていたとは、なかなか衝撃的なお話ですね。ああ、勿論、このことは、秘密保持契約（NDA）の通り、他言はいたしませんのでご安心を」

　なんかだんだん腹が立ってきた。相手が言っていることはその通りなんだけど、すごく馬鹿にされている感じがする。

　一方の生駒さんはいつも通り、ビジネスモードの笑みを浮かべつつ、

「大変恐縮です。おっしゃるとおり、ご不安に思われても仕方はありません。ですが、成果は出しますので、その点はご安心ください」

「ええ、期待していますよ。先日お伝えした通り、無事解決出来た暁には、御社サービスを全社的に導入させていただきますので。調達部門には根回し済みですしね」

「ありがとうございます」

常務は大仰に頷くと、今度は私の前に座った女性に向かって言った。

「それじゃ、根津君、説明をお願い出来るかな」

「はい。本件はセンシティブな内容ですので、資料ではなく、口頭で失礼いたします」

根津と呼ばれた女性は、大きな瞳で生駒さんと私を交互に見つつ、しっかりとした口調で話し始める。なんかすごくキャリアウーマンって感じの話し方だ。

「実は現在、当社の従業員のうち、三鷹にある関東工場に勤める社員五名が所在不明になるという問題が生じております。数日間の無断欠勤の後、直属の上司や、我々人事が手分けして、連絡が取れない社員の家を訪問したものの、ご家族もどこに行ったかわからないということです。勿論、最寄りの警察に捜索願は出しております」

五人が行方不明……。それってかなり大事なんじゃ……。

「他の社員には、病気療養による休職ということで説明しておりますが、長い者で一ヶ月近く連絡が取れない者もおり、我々人事としては、社員間に根拠のない噂話などが広がることを懸念しております」

生駒さんが膝の上で手を組んで言った。

「なるほど。それで私どもに相談をされたということは、ただ単に行方不明なだけではなく、なにか一般的には説明出来ない事象が起こっている、ということですね」

「……はい」

根津さんが少し戸惑ったように頷いて、隣に座った部長を見た。と、今度は部長が常務に「本当によろしいですか？」と確認した後、定まらない視線をこちらに向け、慎重に言葉を選びながら言い始める。

「その……、先週のことなんですが……。二週間くらい連絡が取れていなかった、営業部門の五十代の社員が、夜八時過ぎに、突然、事業所に戻って参りまして。驚いた上長と、一報を受けて駆けつけた私とで、一体どこに行っていたのかと尋ねたのですが……」

そこで部長は、少し迷ったように一旦、言葉を途切れさせて、それから続ける。

「彼が言うには、帰宅途中にうっかり電車の中で寝過ごしてしまい、気付くと見知らぬ駅にいたそうなんです。慌てて降りたものの、そこは無人駅で、しかも、何故か折り返しの電車が全く来ず、翌日の夕方にようやく来た電車で戻ってきたということで……」

あれ？　と私の頭の中に疑問符が浮かび、思わず尋ねる。

「翌日……？　でも、さっき、二週間連絡が取れていなかった、っていう話だったような……」

部長がハンカチで額の汗を拭う。

「ええ、そうなんです。そんなおかしなことがあるのか、なにかの勘違いじゃないか、と、私どもも該当の社員も戸惑うばかりで。浦島太郎ではあるまいし……」

生駒さんが顎に手を当てて、

「それで、今、その方はどちらに？」

「自宅で待機させています。念のため、病院に行かせたものの、特に異常は無いということで……」

「行方不明の方のうち、戻って来られたのはそのお一人ですか？」

「ええ、今のところ」

部長の顔は、真っ青を通り越して、もはや土気色だ。

「ま、そんなわけで、うちとしても社員を一刻も早く見つけ出したいわけです。そうでないと、騒ぎが大きくなってしまうもんでね。弊社トップからも早くなんとかしろ、と詰められる毎日ですわ」

常務はそう言いながら、「社内の汚れ仕事は、いつも私に回ってくるんで、正直、困っているんですよ」と付け加えてわははと笑う。

それって、どうなんだろう。騒ぎになるとか、怒られるとか、そういう話じゃないような。

と、真剣な表情で聞いていた生駒さんが、常務に尋ねる。

「質問をしてもよろしいですか？」

「ええ、なんなりと」

「行方不明になられた方についてですが、なにか共通する点はありませんでしたか？」

ん……？

そのとき、私の目の前に座った、根津さんが微かに肩を震わせたのに気付いた。

「そうですねえ……」

常務は、指で顎を挟みながら、視線を宙に彷徨(さまよ)わせた後、「総務人事、どうだ？」

と、いきなり二人に投げた。

「それについてですが……」

根津さんが口を開きかけたところで、部長が慌てたように遮った。

「い、いや……！　特にこれといった共通点は思い当たりませんね！　まあ、強いて言えば、全員、年齢が五十代以上といったところですが、三鷹工場の年齢構成から考えれば、特段不思議なことではありませんし!」

沈黙が落ちる。妙な空気が場を支配する。

なにか隠していることでもあるのか。だけど、それを聞くわけにはいかないし。

「わかりました。ありがとうございます」

生駒さんはそう言って頭を下げるが、僅かに目を細めて続けた。

「ただ……、そうですね。差し支えなければ、行方がわからなくなった方々のお写真と、工場の防犯カメラの映像をお借りすることは出来ますか?」

大実電器の人達が、戸惑ったようにお互いの顔を見合わせる。

「それは構いませんが、一体どういう……?」

「念のためです。映像記録になにか手掛かりがあるかもしれないと考えたまでのことで」

防犯カメラの映像を見てどうするの? 私もよくわからず戸惑ってしまうが、根津さんは、はきはきとした口調で答えた。

「わかりました。すぐに手配いたします。今晩にはお送り出来るかと」

それから、今後についての事務的な打ち合わせをした後、私達は三人を見送るため廊下に出た。

と、根津さんが、私の隣にやってきて遠慮がちに言った。

「あの……、宮守さん、今回の件、どうかよろしくお願いいたします。社員の家族は、皆、とても心配していまして……」

不安そうに目を伏せ、長い睫毛が打ち震える。さっきまでのエリート然とした表情は消え失せていた。私はどう返せばいいのかわからず、とりあえず頭を下げる。

三人がエレベータに乗り込むと、常務が妙に上機嫌で言った。

「まあ、これを機に両社で協業が出来ればいいですな！　昨今、ＡＩベンチャー銘柄として、市場の評価も極めて高い御社と戦略的な提携が実現したとなれば、市場の反応も期待出来ます。トップからも上手く進めるようにという指示が降りていますしな！」


部屋に戻り、再びソファに座ると、私は思わず不機嫌な口調で言ってしまった。

「なんかあの常務さん、すごく感じが悪いんだけど。いなくなった社員さんのことより、自分のことしか考えていないみたい」

「そんなものだろう」

反対側に座った生駒さんが、タブレットＰＣに視線を落としたまま言った。

「むしろ、世の中、あれくらい図太くないと生き残れないものだ。自分のことすら満足に出来ていないのに、下手に他人のことに構った挙げ句、潰れてしまう人間は多い。あの部長はその典型的な例だ」

「なんかすごく冷たい言い方。成功者の生駒さんに、普通の人の感覚はわからないよ」

いらだち半分、諦め半分。

生駒さんはそれには答えず、視線をタブレットPCに向けたまま続けた。

「さて、今回の案件だが、君の解決策について教えてもらおうか。プレゼン時間として五分与えよう」

「は……？　いきなり何言ってんの？」

「僕が業務を委託している以上、これくらいすぐに対応出来ないのは困る」

生駒さんが視線を上げて、私を見る。

「今回の事象については、さすがに勉強不足な君でもわかっただろう？」

途端、冷たい手で心臓をきゅっ、と鷲づかみされたかのような、そんな錯覚を感じた。ごくり、と息を呑み、答える。

「……あれって、『きさらぎ駅』、だよね……」

ネットの掲示板では、とても有名な怪異だ。

仕事を終えて帰宅するために電車に乗った人が、いつもは数分間隔で駅に停車するはずなのに、不意にもう何十分も停まっていないことに気付く。やがて、到着した駅で降りたものの、そこは無人駅で、駅名標には『きさらぎ駅』と書いてある。折り返しの電車もない上、周りにも民家らしきものは無く、困ってしまったその人は、家族に電話するが、そのような名前の駅は無いと言われてしまう。

その人はネット掲示板に、自分が今置かれている状況を書き込みつつ、徒歩で線路伝いに戻ることにし、トンネルを抜けたところで出会った人の車に乗せてもらうが、そこで急に書き込みは途絶えてしまう。

「そうだ。典型的な隠世にまつわる事象だ。人がおらず、この世に存在しない駅は隠世そのものであり、トンネルは現世と隠世とを繋ぐ境界といえる」

「さっきの話に出た社員さんは、きさらぎ駅に迷い込んでしまったものの、運良く戻ってくることが出来た、ということなのかな。だけど、まだ行方がわからない他の社員さん達は、きさらぎ駅にいる、ってこと？　……あれ、でも……？」

私はひっかかりを覚え、少し首を傾げる。

「なにか少しでも疑問に思うことがあったら言ってみろ」

「うん。戻ってきた社員さん、駅で誰とも会わなかった、って言っていたよね。そうしたら、他の人はやっぱりそこにはいなかった、ってことなのかな？　うーん……」

生駒さんがぶっきらぼうに言った。

「簡単なことだ。実際に現地に行って確認すればいいだろう」

「………………え？」

私は思わず目を瞬かせ、生駒さんを見た。

「明日の十七時以降の予定は空けた。クライアントの三鷹事業所までは車で行き、その後、列車に乗って『きさらぎ駅』に向かう」

「ちょ、ちょっと、いきなり、そんなこと言われても！　明日の夕方、必修科目の授業が入っているし！」

生駒さんは視線をタブレットＰＣに落としたまま言った。

「僕の道具である君に拒否権は無い。その上、僕は君に十分な報酬を与えている。口答えは控えるべきだ」

「なっ………………！」

さすがに、かちん、と来た。

はっきり言って、私は生駒さんと出会って以来、振り回されるまま、ずっと危険な目に遭っているんだよ？　巫女は山伏に従うべきとかどうとか、私には関係ないし。そもそも、そういう変なしがらみから抜け出るために、東京に来たいと思ったんだし！

あー、もうやだやだ！　私、もうここで降ります！

バイト先も見つかって、頑張れば数か月後には家賃の違約金も払えるし！

そう言おうと口を開きかけたとき、

――ゴホッ

生駒さんが大きく咳き込んだ。

「だ、大丈夫？」

さすがに慌てた。その顔からは血の気が引いていた。もう平気だったんじゃないの？

私の中の怒りが急速にしぼみ、代わりに不安で胸がいっぱいになる。

「やっぱりまだ体調良くないんじゃ……」

生駒さんは辛そうな表情を一瞬私に見せたけど、すぐにいつもの無愛想な顔に戻り、

「打ち合わせに行ってくる。明日は時間通りに来い」

とだけ言い残して、部屋から出て行った。

一人フロアに残された私は、ソファに力なく座り直す。

生駒さん、体調良くないのに、明日、本当に三鷹に行くつもりなの？　延期してもいいんじゃないのかな？

というか、生駒さんが、そこまでしてこんな危険な仕事を引き受けようとする理由ってなんだろう。お金だって、有り余るほど持っているだろうに。

降りるという宣言をするタイミングを完全に逸してしまった私は、漠然とした不安を胸に、ちょっと長くなった前髪をいじりながら、窓の外に広がる渋谷の街並みをぼんやり眺めていた。

3

クライアントの関東工場は、三鷹駅から車で十分くらいの場所にあって、東京ドームの五倍くらいの広さを持っているらしい。元々は更にこの倍以上の広さがあったものの、数年前に業績悪化の影響を受けて、土地の半分を売り払い、今は代わりに高層マンションが建っている。

私と生駒さんが車で到着したのは十八時過ぎで、四月下旬とはいえ、外は薄暗く、そして肌寒かった。

私は身体を両手で掻き抱いて呟く。

「あー、上着もう一枚持ってくれば良かった……」

勿論、今日の服装は巫女装束ではない。さすがにあんな格好で外をほいほい出歩いたり、電車に乗ったりする勇気は無いし。

一方の生駒さんは薄手のジャケット姿。寒くないのかな、昨日は体調悪そうだったし、暖かくした方がいいんじゃないのかな、と心配になる。ここまで車で来る間も、なんかいつもと比べて口数が少なかったし……。

「お忙しい中、わざわざお越しいただきありがとうございます」

工場の来客用駐車場で出迎えてくれたのは、根津さんだった。今日の服装はグレーのニットに、動きやすそうなパンツ。

笑顔ではあるものの、その顔には微かな緊張が見て取れる。

一方の生駒さんは、ビジネス用の笑顔の仮面を被って、根津さんに尋ねる。

「確認をさせていただきたいのですが、一時期、行方不明になったその社員の方は、十九時にこの事業所を出られた後、バスで三鷹駅に向かった。そして、十九時二十六分発の大月行きの通勤快速に乗られた、ということでよろしいでしょうか」

「はい。改めて当人に確認しましたが、それで間違いありません」

「なるほど。ですが、その方は、普段よりも退勤時間が遅かったようですね。お借りした防犯カメラの映像を拝見したところ、いつもは十七時半過ぎには職場を出られているようです」

「はい……。この営業所の定時は十七時半でして、当該社員は普段は十八時過ぎの電車に乗っているとのことです」

生駒さんが微かに目を細めた。

「では、その日は、残業かなにかで遅くなったということでしょうか」

「ええ。当日は、時間外に所属長と面談を行っていました」

うーん、と私は少し首を傾げる。

いつもと違う行動をし、いつもと違う電車に乗ったということが、きさらぎ駅に行ったことと、なにか関係があるかもしれないというのは考えすぎだろうか。

と、生駒さんがタブレットＰＣを取り出し、画面をタップした後、根津さんに差し出した。

画面は、十個のウィンドウに分割されていて、その全てに工場の門を出るときと思しき、同じ社員の顔と、日時、そして細かい英数字が並んでいる。

「あの、これは……？」

根津さんが戸惑う。

「行方不明になる直前、十日分の退勤時の映像を抽出し、『感情認識ＡＩ』にかけたものです」

「感情認識、ですか……？」

「ええ。人間の顔の百二十八の特徴点から、そのときどきの人間の感情を推論する仕組みです。それによれば、過去九日分は、ニュートラル、もしくは、喜びの値が大きかったのですが、行方不明になった日は、落胆、怒りといった負の値が大きく出ています」

生駒さんが画面を数回スワイプさせ、その度に別の社員さんの画像が表示される。

「他の行方不明になられた社員の方も、同じように解析をかけてみました。値に多少の差はあれど、みなさん、同じような傾向を示しています」

そして、生駒さんは、根津さんの顔を見て、静かに言った。

「とするならば、行方不明になられた方については、直前になんらかの共通の出来事があったと考えるのが妥当ではないでしょうか」

根津さんの肩が、微かに震える。指が画面に触れるが、しかし、すぐに顔を逸らすと、少し力の無い声で言った。

「申し訳ありません……。私の方では詳細を把握しておらず……」

生駒さんは小さく頷くと、

「わかりました。それでは、私達はこれから行方不明となった五名の方々の足取りを追います。なにかわかりましたらご連絡させていただきますので」

そう言って、私に出発を促す。

そして、私が二、三歩前に進んだときだった。

「待ってください！」

背後から唐突に、根津さんの声が追いかけてきた。

「私もご一緒させていただきます！」

「……え？」

驚いて振り返ると、根津さんが真剣な目で私達を見ていた。

「上からもみなさんにご一緒するように、と指示が出ております。それに、私自身も、人事の人間として、社員の安全を守る責任があると考えていますから」

私は慌てる。

「で、ですけど、本当になにが起こるかわからないですし、危ないこともありますので、それは……」

「いえ、ですが、私は業務命令を受けていますので」

彼女は、業務命令という言葉を妙に強調して言った。

私は、助けを求めて生駒さんを見るが、彼は笑顔のまま続ける。

「わかりました。そこまでおっしゃるのであれば構いません。ただし、いかなることが起こったとしても、私どもとしては、責任は一切持てないこと、ご了承ください」

「ちょっ、ちょっと！　一体なに言ってんの⁉」

「ビジネスにおいては、クライアントの意向に沿うのが基本だ」

生駒さんは私にそう言うと、バス停に向かって歩き出し、根津さんがその後に続く。

「ああ……、もう！」

癇癪（かんしゃく）を起こしそうになるのを堪えて、私は彼等の後を追いかける。

ホームに滑り込んできた電車は、帰宅ラッシュで満員だった。

私達が先頭から三両目の車両に乗り込むと、電車はゆっくりと走り始めた。

果たして、こんな満員電車が、本当にきさらぎ駅に行くんだろうか。

三鷹駅を出た列車は、いくつかの駅を通過し、途中、国分寺駅に停まったあと、立川駅に着いた。そこで乗客がどっと降りて、車内は一気に空き、私達は席に座る。

多摩川を渡り、住宅街を抜け、八王子駅を経て、高尾駅を過ぎたあたりで、いよいよ乗客は少なくなり、窓の外の景色も山や畑に変わり、灯りの数も減っていく。標高もちょっとずつ上がっているようだ。

電車が各駅に停まるようになってから、数駅目。

突然、生駒さんが私達に言った。

「次で降ります」

「……え？」

戸惑っているうちに、電車は速度を落とし、山の中にある駅に停車する。そして、私達がホームに降り立つと、すぐにドアは閉まり、電車は暗闇の中へと走り去っていった。

駅名標を見ると、『鳥沢』と書かれている。

「どういうこと？　ここ、きさらぎ駅じゃないよね？」

改札へと向かう生駒さんの背中に声をかけるが、返答は無い。一瞬、生駒さんの体調のことが心配になり、横顔を覗き込もうとするが、暗くて表情はよく見えない。

駅を出ると、線路沿いに暗い田舎道が続いていて、生駒さんは下り方面に歩き始める。

一体どこに行くんだろう。私は出発前に生駒さんから渡されていた懐中電灯で足元を照らしながら歩きつつ、小さく溜息を吐くと、根津さんに声をかける。

「すみません、ちょっと歩くみたいです」

「……あ」

俯きがちに歩いていた根津さんが、ハッとしたように顔を上げ、戸惑った様子で私を見た。その顔は少し青白い。

「……ええと……」

「あの、どうかしましたか……？」

彼女は薄く笑みを浮かべ、

「失礼しました。問題ありません」

と言うが、表情には緊張の色が浮かんでいる。それはそうか。いくら仕事とはいえ、こんなわけのわからないことに巻き込まれて、怖くないはずがない。

私は努めて笑顔になって言う。

「根津さん、私達が一緒にいますので、安心してください」

私だって正直、怖いけど、これまで生駒さんの無茶に付き合わされてきたこともあり、少しは慣れているし。それに、なにかあったら、最終的には生駒さんがなんとかしてくれるとは思っている。……とはいえ、今日は、体調があまり良くなさそうなのが気になるけど。

それから十分くらいは歩いただろうか。

右手に山の斜面を見つつ、斜面に沿ってカーブしながら続く坂道を登ったところで、唐突に、目の前に石造りの古いトンネルが現れた。列車がぎりぎり通れるかどうかの幅で、中は真っ暗だ。

いやそれ以前に、トンネルの入口は工事用のフェンスで塞がれているし、その手前の道には南京錠(なんきんじょう)のかかったゲート状のフェンスが立入禁止を告げている。

旧線の廃トンネルということか。

生駒さんはポケットの中から鍵を取り出し、鍵穴に差し込む。

ガチン、という音とともに解錠され、錆びたゲートが軋んだ音を立てながら押し開かれていく。

「え……？　まさか、あの中に入るつもり？」

一瞬、私を見た後、無言でそのまま中に進んでいく生駒さん。私の言葉が聞こえていないとは思えない。

さすがに、頭に来た。

「ちょっと！　質問に答えてよ！　体調が悪いからって、無視はないよね？　体調管理も仕事のうちでしょ⁉」

と、生駒さんが足を止め、冷ややかな目を私に向けた。

「僕のコンディションなら問題無い。ただ、君のくだらない質問にいちいち返事をするくらいなら、体力を温存しておきたいだけだ」

「く、くだらない……⁉」

「ああ。今、この状況で、あそこに入る以外の選択肢は無いだろう。質問の仕方一つでも、ビジネススキルの差が如実に出るものだな」

「いちいち嫌みを言わなくちゃ気が済まないわけ？」

根津さんが少し驚いたような顔をして、私と生駒さんを交互に見る。

しまった。お客さんの前だということを忘れていた。慌てて取り繕う。

「ええと……！　私はいいの！　でも、根津さんへ説明する必要があるでしょう？」

「あ、いいえ、私は大丈夫ですが……」

根津さんが戸惑いつつ言うと、生駒さんは再びトンネルに向かって歩き出しながら、淡々と告げた。

「この前も言った通り、隧道(ずいどう)――トンネルは、一般的に、現世と隠世の境界と見做(みな)される。そこを通るのは当然のことだ」

「でも、話を聞く限り、行方不明になった人は、普通に電車に乗っていたはずなのに、きさらぎ駅に行っちゃったんだよね？　私達も電車に乗らなくちゃ、きさらぎ駅には行けないんじゃないの？」

と、生駒さんが一呼吸置き、いつもより低いトーンで言った。

「君は、彼等が普通に電車に乗っていた、と思うのか？」

「え……？」

「境界を渡るときは、気をつけろと言われる。辻、橋、隧道といった、なにかとなにかが交わる場所、すなわち、境界は、不安定な場だ。逢魔(おうま)が時(とき)や丑三つ時と同じように」

「あ……」

『異界エレベータ』が現れたのは、夕方――逢魔が時であり、昼と夜の境目だった。

『渋谷七人ミサキ』と遭遇したのは、午前二時の丑三つ時、すなわち、陰と陽の境目となる時間であり、赤子を埋めたのは渋谷の交差点——辻にある道祖神の下だ。

「じゃあ、この人達は、気が漫ろな状態でトンネルを通ったから、隠世に行っちゃったということ？　でも、トンネルなんて沢山あるし、なんでここなの……？」

「このあたりの陰と陽のバランスが、大きく陰の側に崩れているからだ。人が通らなくなり、うち捨てられた隧道は、他界たる山の影響を受け、陰気を帯びる。それが隣接した新しいトンネルにも影響を及ぼしているということだ」

それはつまり、墓場や、古戦場、火葬場といったところの下を通るトンネルに、出やすいということと同じ意味だろうか。

でも、よくわからないことが一つ。

ここが隠世に迷い込みやすい場所だとしても、どうして、大実電器の人達ばかり、しかも同時期にいなくなったんだろう。偶然にしてはおかしい。

そうこう考えているうちに、私達はトンネルの入口まで来ていた。生駒さんが工事用のフェンスをどかし、中に足を踏み入れる。

瞬間、ひんやりとした空気が私の身体を包むとともに、なにかの唸り声を思わせる低い音と水の流れる音が聞こえてきた。

懐中電灯を手に恐る恐る前に進む。怖いけど、そんなことも言っていられない。

　生駒さんは、というと、私達に構わず前へずんずん進んでいく。

「冷たっ⁉」

　右足を前に出した途端、そこには水たまりがあって、くるぶしまで思いっきり濡れてしまった。トンネルの壁から染み出した水が、溜まっているらしい。

　懐中電灯を足元に向け、注意深くそろそろと進んでいく。

　と、根津さんが、私の左手を握ってきた。その手は冷たく、小刻みに震えていた。

「す、すみません……、私……」

　キャリアウーマンといえど、夜に廃トンネルに入るのは恐怖でしかないよね。

　私はその手を強く握り返す。

「大丈夫ですから。私達に任せてください！」

「はい……」

　精一杯明るく言ったけど、正直、私だって怖いわけで。

　五分ほど歩いたところで、先を行っていた生駒さんが立ち止まり、トンネルの壁に何かを貼り始めた。呪符だ。

　十枚ほど貼ったところで、生駒さんが私を見た。

「あー。はいはい。そうですよね。いつものですよね」

自分がすべきことを察し、右手で前髪をかき上げて、おでこを突き出すと、生駒さんがそこに人差し指と中指を押し当て、験力を注ぎ込みはじめる。

ふと、思う。

山伏の道具たる巫女は、境界を渡る媒介としての役目を果たしているらしいけど、私がこの仕事を辞めた後、生駒さんはどうするんだろう。

以前、聞いた話によれば、私が東京に来る前は、案件ごとに巫を修験のネットワークなるところから派遣してもらう必要があり、調整が色々大変だったそうだ。それが、生駒さん専属で自由に使える私が来たことで随分楽になったという。

鳴神先輩が言うには、生駒さんは、私が東京に来ることを心待ちにしていた、ってことだから、もし私が辞めたりしたら、やっぱりがっかりするのかな。

いや……。こんなことは私が心配することじゃないか。そもそも、私は騙されたような形でこの仕事をさせられているわけだし。

「どうした。集中出来ていないようだが」

「あ……！　なんでもない……」

生駒さんが目を細めて、私の顔をじっと見つめていたが、ややあって、持ち歩いていた鞄を手元に引き寄せると、中からなにか白い生地を取り出した。

って……、それって、もしかして、白衣……？

「これを着ろ。羽織るだけでいい」

「ちょっ！　なんでそんなの持って来たの⁉　信じらんない！　私、着ないって言ったよね⁉　というか、この前から疑問に思っていたんだけど、まさか、生駒さんの趣味じゃないよね⁉」

生駒さんが、ぞっとするような冷たい目線を私に向けた後、淡々と言った。

「巫女が、白衣を纏うのには、それなりの理由がある。白衣は死装束でもあり、それを身に纏うことで、境界性を帯びることになるからだ」

「不吉なこと言わないでよ。つまり、私の媒介者としての力がより強まると、そう言いたいわけ？　確かに、こっちの方が、隠世の靄が見えやすいっていうのはあるけど」

「その通りだ。以前に比べれば、随分と理解が早くなったな」

私は渋々と、服の上から白衣を羽織る。

とはいえ、ちゃんと着付けをしないのはどうにも落ちつかない。これだったら、どこかで着替えた方がましだ。

「……それに、その方が、彼が僕の前に姿を見せる可能性はより高まるだろう」

「彼……？」

生駒さんが独り言のように付け加えた言葉に、私は思わず聞き返した。

「君が渋谷のホテルで遭ったという、あの少年だ。彼が現れたらすぐに報告してほしい」

それだけ言うと、生駒さんは鞄を手に、再びトンネルの奥に向かって歩き出す。

少年って、あの白装束の男の子のことだよね？ 生駒さんはあの子にずっと拘っているけど、一体何者なんだろう？

――シャン。

生駒さんが振る錫杖の音が、トンネルの中に響く。心なしか、周囲の気温が二、三度下がったような気がした。

私は青白い顔をした根津さんの手を取り、足元に気をつけながら更に奥へ進んでいく。

私達がトンネルを出たのは、それから約十分後のことだった。

出たところは両脇に木が鬱蒼と茂っている場所で、生ぬるい風が葉っぱを揺らしながら吹き抜けていく。その先、木々の間から漏れる月明かりに照らされて鈍く光るレールが、緩やかな右カーブを描きながら延びている。

枕木とバラスト石に足を取られそうになるが、線路脇は草が生い茂っていて、レールの上を歩かざるを得ない。

「足元、気をつけてくださいね。結構、出っ張りがあります」

根津さんの足元を懐中電灯で照らしながら、声をかける。

と、彼女が微かに震える声で言った。

「あの、私、気になっていることがあるんですが……」

「はい？」

「私達、いつからこの線路の上を歩いていましたか？ ……トンネルの中に、線路は敷かれていなかったと思うんです」

私はハッ、と息を呑んで視線を下に落とした。

確かに根津さんの言う通り、廃止されたトンネルだからレールは無かったはずだ。

だけど、いつの間にか私達は単線のレールの上を歩いている。

前方を見ると、コンクリートの架線柱が一定間隔で立っていて、頭上には風に微かに揺れる架線が通っていた。

これは……。私の背中を冷たい汗が流れていく。

よく見ると、周りには隠世であることの証である、黒い靄が薄くかかっていた。

――シャン……！　シャン……！

生駒さんの錫杖の音が一定間隔で鳴り響く中、やがて、行く手にぼんやりとした白い明かりの列が見えてきた。

近付くにつれ、それが駅のホームの照明であることに気付く。

鼓動が速くなる。

あれって、まさか……。

根津さんの私の手を握る力が強くなった。

右前方にホームが近付いてくる。簡易な屋根がつけられた、車両が二両停まれるかどうかの長さの駅。

生駒さんが、線路脇に取り付けられた階段からホームに上がり、私達もそれに続く。

ところどころが、ひび割れたコンクリート。

生駒さんが柵の前に立ち止まって腕組みをしていた。

その視線の先にあるのは、錆び付いた駅名標。

――きさらぎ

「きさらぎ駅、だ……」

思わず言葉が漏れ、根津さんが隣で震えた。

生駒さんがタブレットPCで写真を撮り、位置情報を取得するアプリを立ち上げた。そっと画面を覗き込むと、そこにはなにやらエラーが起こっていることを示す赤文字が点滅している。

「位置座標が取れないな」

「あれ？　渋谷で異界エレベータに乗ったときはGPSが動いていたよね？　映し鏡の世界だからとか言って」

「君にしてはよく覚えていた、と褒めてやろう。その理由は、このきさらぎ駅という空間が、現世の映し鏡ではなく、隠世にしか存在しないからだ」

「え……？」

つまり、それって、今までと比べても更に危ないところ、ということ……？

続いてホームの真ん中にある木造の駅舎に入る。天井では切れかかった蛍光灯が点滅し、その度に壊れた時計や古びたベンチが、闇から現れては消える。

恐怖のせいか、さっきから寒気が止まらない。

私は迷った末に、生駒さんに緋袴を出してもらい、駅舎の隅で手早く着替えた。隠世に来てしまった以上、なにが起こるかわからない。だったら、気は進まないけど、ちゃんとした巫女の格好の方が、生駒さんの力にはなれそうと思ったからだ。

駅舎から出ると、そこはロータリーになっていて、錆び付いたバス停と円柱形の郵便ポストが、公衆電話ボックスの明かりに照らされて、ぼんやりと浮かび上がっていた。

ロータリーへの出入り口は一箇所で、そこから暗闇の中に向かって延びる一本の道路。街灯もなく真っ暗な道。

「戻ってきた社員の話の通りですね……」

根津さんが震える声で言った。

「その者は、一旦、駅の外に出たものの、結局、駅舎に留まることにしたということでした。登山経験から、見知らぬ土地を歩き回るのは危ないと考えたようで」

「じゃあ、まだ帰ってきていない四名の社員さんは、この道の先に行ったの……?」

私は暗闇の中に続く道に目を凝らす。

そのときだった。

一瞬、闇の中でなにかが光った。その光が近付いてくるとともに、車のエンジン音が聞こえてきた。マイクロバスだ。

バスはロータリーの中に入ってくると、半周回って、私達の前に停まった。

鳥肌が立つ。ネット掲示板に書かれた『きさらぎ駅』のお話では、駅に迷い込んだ人が、通りかかった車に乗せてもらった、という出来事が書かれていたけど、それと同じだ。

ただ、戸惑ったのは、薄汚れた車体の側面に、大実電器のロゴが描かれていたこと。

「どういうこと……？」

根津さんは戸惑いに眉を八の字に曲げて、擦れた声で言った。

「どうしてうちの車が……。それに、ロゴも古い……」

言われて見ると、車体についている大実電器のロゴは最近のものじゃなくて、実家にある年代物のエアコンにもついている古いものだ。

と、側面のドアが開いて、作業着姿の年配の男性がひょこっと姿を現した。

「よお、根津ちゃん、久しぶりだねえ」

「…………っ！　市川さん⁉」

「ぼうっとしていないで、乗って乗って。みんな待ってるからさ。ほら、お客さんも一緒に」

えっと、この人、大実電器の社員さん？　行方不明になっている人？　というか、いきなり乗れって、言われても……。どう考えても危ないし……。

根津さんは信じられない、といった顔をしている一方で、生駒さんはいつの間にかビジネスライクな笑顔になっている。

「はい。よろしくお願いします」

そう言うと、率先してマイクロバスに乗り込んだ。根津さんもそれに続き、一人残された私は躊躇ったものの、結局、車に乗る以外の選択肢は無くて。

スライド式のドアを閉めると、車がゆっくりと走り出した。ロータリーを出て、暗闇の道路をまっすぐ進んでいく。窓の外に視線をやるが、暗くてなにも見えない。

「あの、市川さん、どうしてここに……？」

運転席の真後ろに座った根津さんが戸惑いがちに尋ねた。

「嫌だなあ。根津ちゃん、本社の激務で疲れちゃってる？　今日は、●§■※ γ工場飲んべえ組のお別れ会でしょ。だから、嘱託の俺も久しぶりに出社して、根津ちゃんのお迎え役を買って出たってわけ」

ん……？

エンジン音のせいか、工場名が一瞬、聞き取れなかった。

「というか、お別れ会？　これから？　今、何時だっけ？

「正直、現場としてはね、本社のお偉いさん達は大嫌いだけどさ、根津ちゃんは違うよ。俺達、現場の人間のことを、第一に考えてくれるし。だからさ、根津ちゃんには、早く偉くなってもらって、また社員は家族だぞっていう、大実電器の社風を取り戻してほしいんだよねえ」

ハンドルを握りながら、市川さんが今度は私達に向かって話しかける。

「ああ、お客さんね、根津ちゃんの初期配属は、●§■※γ工場だったんですよ。まあ、工場が閉じるのは残念ですけどね、お客さん達の会社が跡地を買ってくれるっていうことで、少しだけほっ、としたというのも事実なんですよ。雇用の方も頑張っていただけるとのことですしね」

「そう言っていただけると恐縮です。当社も皆様のお力になりたいと考えております」

「えっ……」

生駒さんが私に目配せをしてきた。話を合わせろ、ということらしい。一方、根津さんの顔からは血の気が失せてしまっている。

私は不安に駆られながら、暗闇の中を走り続ける車の揺れに身を任せる。

十分くらい経った頃だろうか。正面に薄ぼんやりと照明を点した建物が見えてきた。あれが工場だろうか。

マイクロバスが門をくぐって敷地内に入り、車寄せに停まる。促されて車から降りると、目の前には古びた事務所の入口の扉があった。中は一応、明かりはついているものの、薄暗い。ホールには、『関係者以外立入禁止　大実電器株式会社』と書かれた古い看板が立てられている。

「どうして……」

信じられないという顔をした根津さんが、口に手を当てて呟く。

「ここ、三鷹の旧工場です。今はもう無い……」

「え？」

私達は既に無い建物に来たということ？

市川さんの案内で、奥の階段から二階に上がると、廊下の突き当たりの部屋の中から、宴会らしき騒がしい声が聞こえてきた。

「お疲れさまー！　根津ちゃん連れてきたぞ！」

「おおー！　待ってたぞ！」

「久しぶりー！」

「元気そうだなあ！」

煙草臭い小さな会議室の中に入って凍り付いた。

五十過ぎのおじさん達ばかり四人がビール片手に集まっていて、そして、その顔にはどれも見覚えがあった。全員、行方がわからなくなっている社員だ。

根津さんもまた、声を失っている。

「さあさ、コップを持って！　乾杯だ乾杯！　さあさ、お客さん方も！」

オードブルや寿司桶が置かれた会議卓越しに、妙になれなれしい感じで、おじさん達が紙コップを私達に手渡してくる。

というか、なんかおかしい。巫女の格好をした私がいるのに、そのことについて、みんなはなにも言わないどころか、奇異な視線を向けもしない。

青ざめた表情の根津さんは、何かに耐えるかのように口を真一文字に引き結んでいたが、やがて、突然、なにかを決意したかのように震える声で言った。

「あの……！　みなさん、三鷹に帰りましょう！　多くの方が心配しています！」

直後、場がしんと静まり返った。全員の顔から、一瞬、表情がつるりとかき消える。

え………？　なにこれ？

異様な空気に、背中が粟立った。

――ややあって。

「あっははは！　根津ちゃん、どうしちゃったの⁉　いやだなあ、よくわからんこと言い出して！　やっぱ疲れているんじゃない？　まっ、いいから飲もう飲もう！」

馬鹿笑いをした市川さんにつられて、皆が一斉に笑い出す。

私は目を擦る。さっき、一瞬、みんなの表情が消えたように見えたけど、あれは一体何だったんだろう？

乾杯の音頭の後、宴会が再開される。勿論、未成年の私はジュース。年齢も格好も、正直、場違いすぎて、作り笑いをして部屋の隅に立っているほかない。

ちなみに、根津さんはアルコールが飲めないということで、ウーロン茶だ。

おじさん達は、工場が閉鎖されてしまうことを名残惜しみ、思い出話に花を咲かせている。ただ、気になるのは、何故か会話の端々に、ところどころ意味不明な単語が入ってくることだ。

特にこの工場の名前については、何度聞いても、『●§■※ﾌ工場』と意味のわからない音になって聞こえるのだ。

「ひゃっ⁉」

不意に横から肩を叩かれ、足が半分浮きかけた。振り向くと生駒さんが顎で廊下の方を指し示す。外に出ろ、っていうことらしい。

根津さんと一緒に廊下に出て、部屋から少し離れたところの灰皿が置かれたスペースまで来ると、生駒さんが根津さんに尋ねた。

「念のための確認ですが、会議室に集まっているのは、行方不明になっている三鷹工場の人達という理解でよろしいですか？　とはいえ、一名、事前にいただいた写真データにはない方がいらっしゃるようですが」

「…………」

根津さんが一瞬、言いあぐね、生駒さんの目が微かに細められた。

「市川さん、ですね？」

「……………はい」

それから、根津さんは、躊躇いつつ口を開く。

「あの……、信じていただけるかどうかわからないのですが……。市川さんは……、三年前に亡くなったんです」

「…………え」

私は言葉を失う。

「当時、社内で行われていた希望退職に応募されて、辞めた後は地元に帰って蕎麦屋を開くと意気込まれていたのですが、その矢先に悪性の腫瘍が見つかりまして……」

背筋が凍った。つまり、死者が私達をここに案内したということ？

一方の根津さんは、けれど、青白い顔に少しだけうれしそうな表情を浮かべて言った。

「とはいえ、市川さん、昔と全然変わっていなくて、少し安心しました。明るくて優しいままで。市川さんは、私が新入社員のとき、いきなり現場に配属されて不安になっていた私を本当に気にかけてくれたんです。うちは母子家庭だったので、まるでお父さんみたいだな、って思っていました」

「そうだったんですか……」

懐かしそうに昔を思い出す根津さんに、私は薄ら寒いものを感じる。いくら慕っていた人だからといって、目の前にいるのはあくまで死んだ人なわけで。

私はごくりと唾を飲み込み、根津さんに尋ねる。

「あの、確認したいんですが、この工場って、今はもう廃止されているんですよね？」

「はい。外観を見る限り、三鷹の旧第一工場です。三年前に解体されて、今はマンションになっています」

トンネルを抜けた先に、今は既に無い工場があった。そして、そこでは神隠しに遭った社員達が、既に死んだ人と一緒にお酒を飲んでいる。

どう考えても、まともな状況ではない。

私は生駒さんと根津さんを見て言った。

「提案なんですが、早くここを出ませんか？　今、生きている社員さん達だけでも連れ戻す必要があります」

「そうだな、それがいいだろう」

根津さんは一瞬、意外そうな顔をしたものの、ハッとしたような顔つきになって、

「そ、そうですね。でも、宮守さん、どうやって……」

私は顔を上げる。と、ふと、天井近くの壁に取り付けられた、表面のガラスがくすんだ時計が目に入った。

時刻が十一時を回っているのに気付き、私は一つ、案を思いついた。

「あの、もうすぐお開きの時間ですよね。車で家まで送るふりをして、そのまま現世に戻るというのは？　線路沿いに走れば、向こうに繋がるトンネルもあるかもしれないし」

果たして道路用のトンネルがあるのか、あったとしても、それが現世に繋がっているのかはわからない。でも、このままだと、取り返しがつかなくなるかもしれない以上、試すしかない。

生駒さんが顎に手を当てて、思案する。

「乱暴だが、それが現実的な解だろう」

「それでしたら、私が運転します」

根津さんが手を挙げた。

「私には、全ての社員を無事に連れ帰る責任がありますので」

4

午前〇時を回る直前。すっかり出来あがったおじさん達が、事務所の前で胴上げをしているところに、根津さんの運転するマイクロバスが入ってきた。

全員が千鳥足で、生駒さんと根津さんが、一人ずつ脇を抱えながら車に乗せていく。

八人が乗ったマイクロバスの車内は本当にお酒臭くて、私は思わず顔を引き攣らせた。昔から、神社の仕事で酔ったおじさん達に絡まれることも多かったとはいえ、慣れるものじゃない。

「はい、じゃあ、みなさんのご自宅にお送りしますね」

微かに緊張した根津さんの声に、車内から「おおー」「よろしくー」「いよっ、日本一！」といった喝采が上がる。

根津さんの運転で、バスがゆっくりと夜道を走り始める。

行きはほとんどまっすぐだったし、そのまま走れば駅に着くはずだ。そして、そこから線路脇の道を探して進めばいい。運転席の隣に座った私は、膝の上に置いた手を握りしめ、じっとヘッドライトに照らされた暗い道路を見つめ続ける。

それから二十分ほど走っただろうか。

車内の至るところから、大きないびきが聞こえてくる中、私は青ざめていた。おかしい。どうしてまだ駅に着かないんだろう。行きはこんなに時間はかからなかったはずなのに。根津さんも同じことを感じているらしく、ハンドルを握る手が緊張に汗ばんでいる。

私はそっとスマホを取り出し、液晶画面を見て、そして、思わず息を吞んだ。

時間が二十三時五十九分の表示のまま、止まっていた。

と、ぷん、と酒臭い匂いがした。

「根津ちゃん。もしかして、道に■&$：#のか？　どれ、¥●！&＊を代わろう」

そうにこやかに言いながら、市川さんが運転席にやってきた。呂律がまわっていない？　……いや、なんか外国語のようにも聞こえる。

「あ、いえ……、でも……」

咄嗟に生駒さんが、市川さんの肩をつかんで言った。

「市川さん、お酒を飲んでいらっしゃいましたよね。しかもかなりの量を」

「ああ、そんなの$%&：）＝｜＋！」

そう言うなり、突然、市川さんの眉間に皺が寄り、細められた両目が吊り上がった。

生駒さんの手を強引に振りほどき、

「＋&（@●#」?!」

「きゃあっ!?」

いきなり根津さんの腕をつかんで、運転席から引きずり下ろす。

その拍子にハンドルが左に切られ、バスが大きく揺れ、宙に浮きかけた根津さんの身体を、生駒さんが咄嗟に全身で受け止める。

と直後、今度は車輪が縁石に乗り上げたらしく、車体が上下左右に激しく揺れた。

「くっ……!!」

「生駒さんっ⁉」

根津さんを庇った生駒さんが、そのまま車両の後方まで飛ばされる。

一方、市川さんは運転席に座ろうとしているものの、泥酔状態でまともにハンドルに取りつくことも出来ない。

やがてドライバー不在のバスは道を大きく外れ、ガタガタとバウンドしながら、道なき道を走り始める。

車内から悲鳴があがる中、必死に座席にしがみついた私は、ヘッドライトの先になにやら建物のようなものが浮かび上がったのに気付いた。

あれって……、家⁉

更に大きく揺れた瞬間、市川さんがゴロゴロと床の上を転がっていった。

私は思わずハンドルに飛びつくと、必死にハンドルを右に大きく切る。バスの前部が生け垣を擦りながら急転回。

バスは、幅の狭いあぜ道のようなところを走り続ける。

私は暴れるハンドルに必死に覆い被さりながら、ブレーキをかけようとする。

たしか、ブレーキペダルって、左だったよね⁉

「止まるな！　一刻も早く、ここから抜け出せ‼」

突然、生駒さんの大きな声が聞こえた。

そ、そんなこと言われても……！

遊園地のゴーカートを思い出しながら、あぜ道から落ちないように必死に車を操る。

と、そのとき。

「ひ、ひと……っ⁉」

目の前に突然、人影が現れた。さすがに急ブレーキをかけた。車内から大きな悲鳴があがり、物がぶつかってガラスが割れる音が響く。

まるで時間が止まったかのように、目の前を流れる光景がゆっくりになる。

ハッ、と息を呑んだ。

人影の顔がはっきりと見えたのだ。

――長い黒髪を後ろで縛った、切れ長の瞳の少年。

暗闇の中でも、白無垢が淡く光り輝いている。

そして、彼は私をじっと見つめながら、ゆっくりと右腕を持ち上げて、進行方向の左を指で指し示した。

そっちに行け、ということ……⁉

私はハンドルを大きく左に切る。

直後、なにかに乗り上げた大きな衝撃音。

「こっ、ここって……⁉」

バスは線路の上を走っていた。枕木の上を通過する度に、車体が大きく上下に揺れる。

この線路って、まさか……。

――ファーン‼

直後、背後から汽笛のようなものが聞こえた。

バックミラーを見て、そして私は驚きに声を失う。

上部に一灯式のランプを点けた、古めかしい鼠色の列車が後ろから迫ってきていた。

このままだと追突される！

アクセルを思いっきり踏み込み、速度を上げる。

と、今まで聞いたことがないような、バンッという大きな衝撃音とともに、車が右に持って行かれる。

「も、もしかして、パンクした⁉」

ハンドルが利かない！　速度が急速に落ちていく中、再び大きな汽笛の音。後方から差し込んだ電車のヘッドライトが、バス車内を明るく照らし出す。

もう駄目……っ！

私が覚悟を決めたときだった。

「諦めるなっ！」

すぐ隣から生駒さんの声が聞こえた。

えっ、と思うのと、生駒さんがハンドルに手をかけて、大きく右に切るのはほぼ同時だった。

「えぇぇぇぇっ――――！！！？？？」

バスが宙に浮いた。

前方に一瞬、月が見える。

それから、まるでジェットコースターに乗ったときのような、内臓が浮き上がる感覚とともに、バスが地面に向かって落下していく。

そして、目の前には木造の建物。

「つかまれ！」

生駒さんの大声とともに、私はあわあわと両手を泳がせるが、つかまる場所なんてない！

と、ぐいっ、と生駒さんが私の腰回りに腕を回してきた。

直後、大きな衝撃とともに、ガラスが割れる激しい音が耳を貫く。

運転席から投げ出されて床に倒れ込んだ私達の上に、割れたガラスの破片がバラバラと降り注ぐ。

ややあって、目を恐る恐る開くと、そこに生駒さんの顔があった。

「大丈夫か？」

「あ……、う、うん……。……というか！」

生駒さんの額から血が出ていた。

「待ってて、今、血を止めるから！」

上半身を起こし、袂からハンカチを取り出そうとする私の手を、生駒さんが止める。

「いいから早くここを出るぞ」

そう言って生駒さんは、視線を割れたガラス窓の外に向ける。

同時に焦げ臭い匂いが鼻をつき、爆発の二文字が私の頭に浮かんだ。

生駒さんに引っ張られるようにして立ち上がって辺りを見回すと、バスは横転こそしていなかったものの、車内には席から投げ出された社員さん達がそこかしこに倒れて、「いてぇよぉ……！」「ううっ……！」と呻き声をあげていた。

憔悴しきった根津さんが、床を這うようにして、一人一人に声をかけて回っている。

「大丈夫ですか……！ 立てますか！」

「根津さん！ 手伝います！」

私達は衝撃で開いた扉から、社員さん達を一人ずつ外に運び出す。

ガラスで軽い傷を負った人がいるものの、幸いにして皆、意識はあるし、大きな怪我をしている人もいない。

ただ、その中に豹変した市川さんの姿は見当たらない。どこに行ったんだろう、と辺りを見回すと、そこでようやくバスが木造駅舎の中に突っ込んでいたことに気付いた。待合室の壁には大きな穴が開き、床には弾き飛ばされたベンチが横倒しに転がっている。

そして、更に視界を巡らせたところで、改札の先、プラットホームに錆び付いた鼠色の三両編成の列車が停まっているのが目に入る。私達のバスを追いかけた列車だ。車両のドアは開いていて、床下からしゅうしゅうと、ブレーキの抜ける音が聞こえる。

そのときだった。突然、ジリリリリリ！ とホーム上にけたたましい発車ベルが鳴り響いた。

生駒さんと目が合った。私は根津さん達に声をかける。

「みなさん、あれに乗りましょう！」

慌てて叫びながら、列車のドアを手で押さえ、社員さん達を列車内に引き入れる。

「根津さん、早くっ‼」

だが、彼女はバスの前から動こうとはしなかった。車体の下からはちらちらと炎のようなものが見える。

悲痛な表情で彼女が振り返って叫んだ。

「市川さんを……！　市川さんを置いては行けません！」

「その人は既に死んでいるんです！　今は生きている人を連れ帰るのが先です！」

私の声は、しかし、根津さんの耳には届かない。

「ドア、押さえておけ」

そう言うなり生駒さんが、列車を降りて彼女のもとに駆け出していく。

「ちょ、ちょっと⁉」

同時に発車ベルが鳴り終わった。

床下から空気の抜ける音がして、ドアが閉まりかける。

「ダメッ！　まだ閉まっちゃ！」

　両手で必死にドアを押さえる。

　生駒さんは根津さんに向かってなにか話していたようだったが、直後、彼女はかくりと頭を垂れ、気を失ったかのように彼の身体に全身を預けた。

「早く！　急いでっ！」

　そう叫んだ途端、ガタンと音を立てて列車が動き出した。

「ちょっ、なんでっ⁉　止まって！　止まれっ‼」

　片足をホームにつけて踏ん張ろうとしたけど、勿論、そんなことで止まるわけがない。

　顔を上げると、根津さんを身体の前に抱えた生駒さんが、こちらに向かって走ってくるのが見える。

　列車の速度がぐんぐん上がっていく。ホームの端が見える。

「よけろっ‼」

　大声と同時に、生駒さんが地面を蹴り、私は咄嗟に扉の端にしゃがみ込んだ。

　そして、列車がホームを離れたと同時に、生駒さんと根津さんの身体が車内に転がり込んでくる。

その背後でドアが勢い良く閉まった。

「だ、大丈夫⁉」

慌てて倒れている生駒さんに声をかけると、彼は「ああ」と短く呟き、おもむろに上半身を起こした。額の血は止まっていたものの、痛々しい。

そして、傍らに横たわっている根津さんに視線を落とす。煤だらけの顔には、涙が流れた跡があった。

「少し眠ってもらった。悪いものが憑いていなければいいが」

車内には四人の社員さんが茫然自失とした状態で、座り込んでいた。そこに勿論、市川さんの姿は無い。

列車の速度が増していき、レールの継ぎ目を渡る音が規則正しく響く。

ややあって、私は生駒さんの腕を左手でしっかりと握りしめた。

「……どうした？」

「動かないで」

私はハンカチを取り出すと、今度こそ、生駒さんの額についた泥と血を拭い始める。

彼は一瞬迷惑そうな顔をしたものの、

「じっとしていて！　あとで消毒もするから」

という私の強い言葉に、黙り込んでしまった。

一通り血を落とした後、生駒さんを無理矢理ボックスシートに座らせ、私はその場に立ったまま、小さく溜息を吐く。

その直後。

床に座り込んでいた社員さんの一人が、驚きに目を見開き、おもむろに立ち上がった。

「ああ……、あれ……」

震える指で、窓の外を示している。

遥か遠く、闇夜を焦がす赤い炎が見えた。きさらぎ駅の方向だ。

バスの火が駅舎に燃え移ったのだ。

きさらぎ駅が、燃えている。

「生駒さん、あれって……」

唖然としながら、生駒さんに声をかけようと目線を戻したところで、

「………え？」

生駒さんが、信じられないといった様子で目を大きく見開いていた。

しかも、その視線が向けられていたのは、窓の外ではなく、列車の奥。

私もその先に目線を向け、息を呑んだ。

奥の座席に誰かが座っていた。

——白装束の少年。

彼は私と生駒さんを見て、そして薄く微笑む。

突然、生駒さんが立ち上がり、擦れた声で呟いた。

「久遠……」

そして、痛みに顔をしかめつつ、席に座った少年のもとへと近付いていく。

「生駒さんっ……!?」

嫌な予感を覚えた私は、止めようと生駒さんの腕に手を伸ばす。

と、少年は薄く微笑みを浮かべたまま言った。

「——『鬼門』にて、お待ちします」

ちょうどそのとき、列車はトンネルに入り、そして、そこでテレビのスイッチを切ったかのように、急に私の意識は途切れた。

5

ディープジオテック本社ビルの四十五階からは、新緑に包まれた代々木公園がよく見えた。青々とした葉が、五月中旬の明るい日差しを反射して、きらきらと輝いている。

応接室のソファに座った私は、内心で溜息を吐き、そっと視線を正面に戻す。

「いやあ、本当に助かりましたよ。さすがはディープジオテックさんだ。こうも簡単に解決いただけるなんて」

そう言って、大実電器の常務は、でっぷり前に突き出た腹を揺らしながら笑う。

隣には同じく安堵した表情の総務人事部長さん。この前会ったときよりは、顔色も随分と良くなっている。

今日、ここに来たのはこの二人だけで、根津さんはいなかった。あの事件で結構ダメージを受けていたみたいだから、正直言って心配だ。

「戻ってきた社員も、ショックを受けたせいか、多少記憶は曖昧なようですが、病院での精密検査の結果、特に大きな問題はありませんでした。改めてお礼申し上げます」

「それはなによりです。私どもとしても御社のお力になれて光栄です」

ビジネススマイルの生駒さん。

良かった。生駒さん、体調は元に戻ったみたい。額に傷がうっすらあるものの、痕には残らなそうだ。私は少しだけほっとする。

きさらぎ駅から脱出した列車に乗っていたはずの私達は、あの後、気付くと廃トンネルの入口にいて、根津さんや社員さん達は、放心した状態で草むらに座り込んでいた。隠世への道は閉ざされ、現世に戻ってきたのだ。スマホを見ると、時刻はトンネルに入ってから一時間ほどしか経っていなかった。

生駒さんが連絡すると、すぐに刑事さん達が複数の車で駆けつけて、社員さん達を病院へ連れて行った。なお、救急車を呼ばなかったのは騒ぎになることを怖(おそ)れたためだ。

後処理は刑事さん達に任せたものの、私が気になったのは根津さんのことだった。車に乗り込むときも、彼女は心ここにあらずといった感じで、「市川さん……、市川さん……」と何度も呟いていた。

そして、生駒さんについても心配だった。元々体調が悪かったこともそうだけど、いつもと違って、どこか上の空だったからだ。

原因は、あの列車の中で出会った白装束の少年であることは間違いない。

「ねえ、一体、あの子となにを話したの？」

そう尋ねたものの、生駒さんは、「ああ……」と空返事をするのみ。

あのときの生駒さんは、明らかに狼狽えた様子で、彼の方に向かって歩いて行った。

そのときに呼んだ名前は、たしか、──『久遠』。

私がそこで記憶を失った後、二人がどんなことを話したのか知りたい。

だけども、今に至るまで、生駒さんはなにを聞いても教えてはくれない。

上機嫌な常務の世間話に一区切りがついたタイミングで、私は気になっていたことをおずおずと尋ねた。

「ところで、あの……、四名の社員さん達のことですが、いつ頃、お仕事に戻られるんでしょうか。私達としてはケアのために工場にお伺いしたいと考えていまして」

ショックを受けた社員さん達を、あのまま放っておいてはいけないと思ったからだ。

それに、そういう理由であれば、根津さんともまた話せるという考えもあった。

けれど、途端、部長の顔がハッとしたものに変わった。そして、何故か助けを求めるかのように、隣に座った常務を見るが、常務のにこにこ顔は変わらない。

「その件は、君からご説明したまえ」

「は、はい……」

部長さんはごくりと息を呑み、小さな声で言った。

「彼等については……、このまま自己都合退職……、という形で……」

しばしの沈黙。

「……………え？」

ややあって、私の口から擦れた声が出た。生駒さんは表情一つ変えないままだったけど、目は笑っていなかった。

「どうして、ですか……？　みなさん、精神的なダメージが大きいということでしょうか？　それなら、私達でお伺いしてお話をさせていただきたいです」

私は身体を前に乗り出し、目の前の二人に迫る。

おろおろする部長に、呆れたような視線を向けて常務が言った。

「そういうことではないんですよ。そうですねえ。もう、賢明な生駒社長ならお気付きのことと思いますが……」

常務はそこで、一旦言葉を切り、口の端を歪めて言った。

「彼等は元々、全員リストラ対象者だったんです。行方不明になったのは、リストラについて上長と面談した後というタイミングだったので、正直、肝を冷やしましたよ」

背筋が凍った。生駒さんが、防犯カメラに映っていた社員さん達の顔を『感情認識AI』にかけたとき、怒りや落胆といった値が大きく出たということだったけど、その理由はこういうことだったのだ。

生駒さんが相手の目をまっすぐに見つめて言った。

「なるほど。失礼ですが、それなら何故、わざわざ我々に捜索をご依頼いただいたのでしょう。御社にとってはそのまま行方がわからない方が好都合という考え方もあったのではないでしょうか」

「意地の悪いご質問ですね。組織を率いていらっしゃる社長ならおわかりでしょう？　在職中に四人も行方不明になれば事件性が疑われますし、マスコミ沙汰にもなりかねない。ですから、きちんと退職手続きを取る必要があったのですよ。雇用契約が無くなった後であれば、我々としてはどうなろうと関係がないわけでして」

言葉が出なかった。一体、この人はなにを言っているのだろう。

「そういう意味では、根津君については、残念ではあったが、人事としてしっかりと最後の責任を果たしたといえる。君の教育の賜物だな」

「は、はあ……。まあ、それは」

部長が額に汗を掻きながら答えた。

ええと……、根津さん？　なにがあったの？　胸騒ぎがする。

「あのぅ、根津さんがどうかしたのでしょうか？　今日はいらっしゃっていませんが……」

部長さんがはっ、としたような顔を見せた。

「ああ……、そうですね、お伝えしていませんでした。根津は先週、退職いたしまして」

「え⁉」

思わず大きな声が出てしまった。

「どうしてですか⁉」

「いや、理由はよくわからないんですけどね。ただ、行きたいところが見つかったということで。急な話だったので正直困ったのですが、本人の意志が固かったもので」

部長さんは困惑しきった表情でそう言いつつ、

「ああ、一昨日、本人から電話がかかってきたんですよ。雑音混じりであまりよく聞き取れなかったのですが、ようやく、きさら……ぎ？　とかいう駅に来られた、これからイチカワさんに会いに行くって、そんなことをすごくうれしそうな声で言っていました」

「え……」

思わず生駒さんと顔を見合わせた。

常務は、大きなお腹を揺らしながら、笑って言う。

「どういうことなんですかねえ。まあ、家庭を持たない独身女性は簡単に会社を辞められて気楽なもんですなあ」

「そうですか」

生駒さんの声のトーンが、心なしか微かに低くなったように思えた。

そして、彼は目の前の手帳を閉じると、静かに告げた。

「さて、話は変わりますが、大変申し訳ないお話をさせてください。先般、お話をいただきました御社との協業の件ですが、弊社都合にて、一旦、白紙とさせていただきたく存じます」

「…………な？」

口をぽかんと開ける常務と部長。

それから、しつこく理由を尋ねてくる相手に対して生駒さんは、市場環境の変化とか、シナジーがどうのとか、契約上の課題がどうだとか、補償がどうだとか、色々難しい説明をしていたけど、一番の理由は、彼等が帰った後、生駒さんが私に言った、「要はビジネスにおいて、最も重要な、相互の信頼関係が崩れたということだ」という一言に集約されるのだと思う。

色々、恫喝まがいのことを言ったり、捨て台詞を残したりしていた先方だったけど、最後、全く折れる様子も無い生駒さんに、「役員会にどう報告すればいいのか……」と肩を落として帰って行った。

二人が帰った後、私はソファに座ったまま呟いた。

「人事の仕事をしていた根津さんは、最初からリストラのことを知っていた。だから、工場の人達が行方不明になった責任を感じて、危なくても私達についてきた……。色々、迷いもあったのかな。そんな中、きさらぎ駅でお父さんみたいに慕っていた市川さんに会っちゃって、我慢出来なくなって……」

それから、私は顔を上げると、生駒さんを見て言った。

「生駒さん！　根津さんを助けに行こうよ……！」

だけど。

「その必要は無い」

生駒さんはパソコンに目を落としたまま、冷たい声色で言った。

「今回の受託業務は既に完了した。自らの意志で隠世に赴いた者を捜しに行く必要は無い。我々はボランティアではない」

思わず立ち上がる。

「そ、そんな冷たい言い方って……、あんまりだよ！」

生駒さんが視線を上げる。

「落ちつけ。そのうち、家族から捜索願は出されるだろう。すぐに誰かが動けるよう、山伏集団の方には一報を入れておく。見つけられるかどうかは保証出来ないがな」

「で、でも……！」

生駒さんの表情が、心なしか険しくなった。

「この前も言ったが、君は少し、相手に感情移入しすぎだ。エレベータのときも、ホテルのときもそうだ。隠世に絡んだ人間とは意識して適度な距離を保たないと、そのうち自分の身が危うくなる。気をつけた方がいい」

反論しようと口を開きかけたものの、怒りになにを言えばいいかわからず、黙り込んでしまう。沈黙の中、フロアの空調音だけが静かに響いている。

確かに、生駒さんが「危ない」と言う以上、そうなんだとは思う。根津さんも隠世の死者に拘って、きさらぎ駅に戻っていってしまった。隠世の人に心を寄せすぎると、引きずられてしまうのかもしれない。

と、そこではたと思い出す。そういう当の生駒さんが、隠世で出会ったあの少年に、ずっと執着していることを。

私は生駒さんの顔を見て、尋ねた。

「ねえ、一つ聞きたいんだけど。あの男の子……、久遠さん、って誰？」

生駒さんが微かに眉を上げた。

「列車の中で、あの子と何を話したの？」

生駒さんはしばらく私をじっと見ていたが、やがて視線をついと逸らして言った。

「……それを君に教える必要は無い」

強張った声だった。

「そういう言い方ってどうなのかな？　ずっと探していて、ようやく会えたんだよね。なにか手伝えることがあったら、言ってよ」

「君へ委託した業務は、彼の探索の補助までだ。それ以上、関わる必要は無い」

「なによそれ。人を巻き込んでおいて、目的を達成したらしらんぷりってこと？」

腹が立ってきた。前から思っていたけど、つくづく身勝手だと思う。自分のことしか考えていないというか、人を道具としか思っていないというか。いや、確かに最初から私は山伏である生駒さんの道具だ、って言われていたよ。だけど、物事ってそんな単純に割り切れるものじゃないし！

生駒さんはしばらく顎に手を当ててなにかを考えていたが、やがて、おもむろにソファから立ち上がると、嵌め殺しの窓へと向かい、こちらに背中を向けたまま独り言のように言った。

「前々から考えていたことではあるんだが、今、決めた。この時点をもって、当社は、君に対する業務委託契約を解除することにする。明日から君はここに来る必要は無い。つまり、——クビだ」

一瞬、なにを言われたかわからなかった。

たっぷり一分間は、固まった後。

「…………はあっ！！！！？？？？」

私はフロア中に響く声で叫びつつ立ち上がった。

生駒さんのもとに駆け寄り、両拳を固く握りしめながら、顔を下から睨み付ける。

「どういうこと⁉　一体、なに言ってんの？　脈絡が全然無いんだけど！」

「単純なことだ。当面の目的を達成した以上、契約を継続する必要は無い。それに加え、君が、毎回、業務範囲外のことにも首を突っ込み、自ら危険を招き寄せようとしていることは看過出来ない。こちらとしても君の身になにかあったら寝覚めが悪いからな」

生駒さんが感情を殺した目で見下ろしてくる。

「……とはいえ、四年間の契約期間の満了を待たずしての終了となる以上、違約金として残りの期間の契約料はきちんと払う。社宅もそのまま使って構わない。君の精勤には感謝している」

「ちょ……、ちょっと！！！」

そう言って生駒さんは部屋の扉に向かい、ドアノブに手をかけて開いたところで一旦立ち止まると、こちらを振り向かずに言った。

「当初、僕が想定していたより、君は有能だった。その点は自信をもっていい」

扉が閉められ、その場に残される私。

私はしばらく呆然とその場に突っ立っていたが、顔をみるみる赤く染め上げると、腹の底から思いっきり怒りの声をあげた。

「生駒さんのばかーっ‼」

四の章　くねくね

■つくば総合大学・某テニスサークルのトークアプリグループにおける会話ログ

雄一：先週、中央通りで車の前に飛び出したポスドクの先輩、完全におかしくなっちゃって、退院の見込みが立たないって噂。
沙織：博士課程行くと就職難しいっていうし、病んじゃったのかな。
修司：その件だけど、「くねくね」を見たって話もあるw
しんじ：なにその、くねくねって。
修司：田舎の田んぼに現れる、人の形をした白いもの。腕をありえない角度でくねらせている。で、それがなんであるか理解すると脳が壊れるから、絶対に見るな、っていわれてる。
沙織：あ！　その話、知ってる！　最近、なんか大学周辺での目撃例が増えてるとか。

雄一：筑波(つくば)は田舎だしなあ。
しんじ：バカバカしいなあ。筑波地下核実験場の土埃(つちぼこり)が、くねくねに見えただけじゃないの？
修司：www

1

秋葉原駅(あきはばらえき)から、茨城にある筑波研究学園都市を結ぶ高速鉄道、つくばエクスプレスに乗って約四十五分。

終点でバスに乗り換え、近代的な都市を貫く四車線道路を五分ほど走ったところで、突然、車窓はのどかな田園風景に変わってしまった。筑波山(つくばさん)を背景に青々とした田んぼに張られた水が初夏の太陽を反射してきらきらと輝く。

今、私が向かっているのは、学園都市の中央にある筑波中央警察署。そこに生駒さんがいるという情報をつかんだのだ。

「これでようやく生駒さんを捕まえられる！　首を洗って待ってなさいよ……！」

そう呟いて膝の上に置いた両拳を握りしめると、隣の席に座った男性客がぎょっとした顔でこちらを見た。

先月、突然、生駒さんにクビにされてしまった私は、その後、何度も生駒さんのスマホに連絡をした。だけど、全然返事は戻って来ない上に、会社に押しかけても会ってくれない状態が続いた。

応対に出た秘書の一条さんはすごく申し訳なさそうな顔をして、「社長の意向でお取り次ぎが出来ないんです。近年稀(まれ)に見る忙しさのようでして」と平謝りをしてくるので、私も気が引けてそれ以上はオフィスに行けなかった。

あの少年のことは、その後どうなったんだろう。体調は大丈夫なんだろうか。

そんな心配をしつつ数日経ったとき、突然、生駒さんからショートメールが来たのだ。

『これからしばらく出張に出る。忙しい。契約が切れた以上、連絡はよこすな』

勝手に人を巻き込んでおきながら、いらなくなったらポイ捨て⁉

怒り心頭になった私は、そのまま法治大学の民俗学研究室に向かった。目的は鳴神先輩を問い詰めて、生駒さんが私に隠している一切合切を吐かせるため。研究室では、相変わらず紫や金のメッシュが入ったド派手な髪の先輩が、分厚い本を読んでいた。

「おー、梓ちゃん久しぶりー！　生駒さんのとこ卒業したんだって？　おめでとさん！」

私はずかずかと先輩に近寄ると、机の上に両手をバンッと突いて言った。

「生駒さんがどこに行ったか！　そして、白無垢を着た少年と生駒さんはどういう関係なのか！　先輩、知っていますよね？　さあ、洗いざらい話してくださいっ！」

「ええー」

先輩はばさりと本を取り落とすと、目を白黒させて、身体を仰け反らせた。

「つーか、梓ちゃん、目がすげー怖いってー！　三股がばれたときの曜（ヨウ）と春香（ハルカ）の反応にそっくりなんだけど！」

「いいから、とっとと吐けっ！」

思わず、相変わらずへらへら笑う鳴神先輩の首を締め上げてしまった。

先輩はごほごほ咳き込みながら、

「いやあー、その件は生駒さんに固く口止めされているんだよねー。特に梓ちゃんには言うなって。そもそも、契約終了っていっても、無事にお勤めを果たしたからでしょ？　四年分の生活費も払うって言っているんだし、梓ちゃんがこれ以上、関わる必要は無いんじゃないかなあ。生駒さんは、最初からそのつもりだったと思うしー」

「それが、腹が立つの！　なんか利用されるだけ利用された、って感じで、すごくすっきりしない！　お金の問題じゃないと思う！」

「うーん……、とはいえなあ」

先輩はペンキをぶちまけたような髪をぐしゃぐしゃと掻きながらなおも渋る。

「先輩、これ」

私は先輩の眼前に、自分のスマホの液晶画面を突きつけた。

「…………⁉」

相手の顔がみるみる青くなっていく。

「四股の証拠写真です。私の語学クラスの子に手を出しましたよね。さすがに、曜さん、春香さんに加え、あとの二人も許してくれないと思います！」

それから先輩は真っ白に燃え尽きたボクサーのように、がくりと首をうなだれる。

「わかった、こ、降参……」

それから大きく溜息を吐いて、弱々しい声で続けた。

「だけど、まじな話、これ以上の深入りは正直、お勧めしないんだよね。今まで以上に危ないことがあるかもしれないし」

「だからなの。すごく嫌な予感がする。あの少年を前にした生駒さん、普通じゃなかったし。そもそも、生駒さん、最近、体調悪そうだし」

鳴神先輩が、真面目な顔つきになって言った。

「それは……、巫女の託宣？」

「わからないです。ただ、生駒さんになにかあったら寝覚めが悪いから」

先輩は、じっと私の顔を見つめていたが、ややあって、おもむろに机の引き出しを開けると、奥から一枚の写真を取り出して私に手渡してきた。

「………？」

そこには三人の男の子が写っていた。真ん中にいる涼しげな目元が特徴的な男の子は、もしかすると、生駒さん？　年齢は高校生くらいだろうか。

右側にいる髪の毛をつんつんに逆立てた小学校高学年くらいの子は、鳴神先輩だろう。

そして、写真の左側、気弱そうな表情で、生駒さんの後ろに隠れるように立っている色白の少年。その顔には、隠世で見覚えがあった。

「この子って……」

「生駒久遠。永久さんの四歳年下の弟だよ。そして、俺の小学校時代の同級生」

そこで先輩は、深く息を吸い込んだ後、意を決したかのように言った。

「久遠は、梓ちゃんと同じく、巫覡（ふげき）の素質を持っていた。そして、今から八年前、隠世に渡ったまま、行方がわからなくなった」

「……………え？」

写真から顔を上げ、どこか悔恨をにじませた表情の先輩を見つめた。

「それ以来、生駒さんは、ずっと久遠を探し続けていたんだよ。梓ちゃんを岩手から呼んだのもそのためだ」

「そんなことって……」

「思惑通り、久遠は生駒さんと梓ちゃんの前に現れた。渋谷のホテルで、きさらぎ駅で」

「…………」

「そして、きさらぎ駅を出る列車の中で、久遠は生駒さんにあるメッセージを伝えた。もしかして、梓ちゃんも聞いていたかもしれない」

私は思い出す。夢とも現（うつつ）ともつかない列車の中で、白装束の少年が口にした言葉。

「――『鬼門にて、お待ちします』……って、そう言ってました」

「そう。鬼門とは、風水では北東を意味し、昔から悪鬼がやってくる方角とされている。そして、東京から見て鬼門の方角にあるのは……」

先輩がスマホの地図を出して言った。

「茨城県つくば市。徳川家康が『鬼門の護り』として霊山・筑波山を崇めるなど、昔からこの周辺は修験の拠点として、江戸・東京に悪鬼が侵入することを防ぐ役割を担っている。それでも、一八六四年の尊皇攘夷派による『天狗党の乱』など、たびたび東京に災いをもたらした土地だ。現在は、中途半端に首都機能を移転したせいで、田んぼのど真ん中にいくつもビルが建っている歪んだ街になっているけどな」

「じゃあ、もしかして、生駒さんの出張先って……」

「そう、筑波研究学園都市。しかも、一昨日、筑波の修験から生駒さんに協力依頼があったらしい。このところ、街で起こっている奇妙な事件に対処してほしい、とね」

「奇妙な事件、ですか……？」

先輩が固い表情で頷き、スマホを私に向けた。

画面に流れていたのは動画。田園の中に近代的なビルが建ち並ぶ歪な街並みを背景にした建物の屋上と思しき場所で、白衣を着た研究者らしき男性が、正方形の黒い板——太陽光パネルの模型だろうか——を手に、難解な言葉でなにかを説明している。

そして、動画が始まって三分くらいが経ったときだった。

突然、男性の台詞が途切れ、表情が固まったかと思うと、くるりと白目を剝いた。

直後、模型を放り出すなり、両腕を頭上に掲げ、手首と腕、膝の関節をあらぬ方向にくねらせ、ぼきり、ぼきり、と骨のようなものが折れる音を響かせながら、カメラの方へと向かってくる。撮影者の悲鳴が入り、急にカメラが青空に向けられたあと、がしゃんという衝撃音とともに映像はそこで終わった。

「なにこれ……」

喉がからからに渇いていた。

先輩が少し疲れたような表情を見せて、スマホをテーブルの上に置いた。

「この動画のように、筑波では最近、人が何の前触れも無く精神に異常を来すという事例が多発しているらしいんだよね。今は、警察と筑波修験とで対処していて、生駒さんはその調査を行っているわけ」

衝撃が強くて、なにを言えばいいかわからない。

「そういうわけで、俺としても梓ちゃんが筑波に行くことは、あんまり賛成出来ないんだよねえ」

私はしばらくの間、視線を床に落とす。今までだって危ない目には遭ってきた。そして、今回はそれよりも更に危険なのかもしれない。

だけど……。生駒さんは、今、その危険な場所にいるんだ。体調が悪い中、探していた弟さんと会うために。

私は両手を固く握りしめた。

2

若山刑事を通じて事前に連絡を取っていたこともあり、筑波中央警察署に着くと、すぐにソファのある会議室に通された。生駒さんは茨城県警の人と一緒に動いているということで、その二人で来てくれるという話になっていた。

開口一番、生駒さんになんて言ってやろうか、と構えること約三十分。いい加減、いつまで待たせるつもり？　と苛立ちもピークに達したとき、ノックもなく唐突にドアが開き、苦虫を噛み潰したような顔をした生駒さんが部屋に入ってきた。

驚くのと同時に、思ったほど顔色が悪くないことにちょっとだけ、ほっとする。

そしてその後ろには、もう一人、黒髪のえらく美人なスーツ姿の女性が付き従っていた。この人がもしかして茨城県警の人だろうか。ちょっと意外で戸惑う。

私が口を開くより先に、生駒さんは私をじろりと見下ろすと、

「言いたいことは二点だ。鳴神については、重大な守秘義務違反ということで、今後

一年間、山伏集団への無償奉仕を命令した。そして、君については、今すぐに東京へ戻れば不問にする。以上だ」

それだけ言うと、いきなり踵（きびす）を返（かえ）して、部屋から出て行こうとした。

「ちょっと待ってよ！」

思わずいらっとして立ち上がる。

「色々、勝手に決めてくれているけど、私の意思は全無視ってわけ⁉」

「君の希望は、はなから聞いていない。これは僕の問題だからだ」

「あのさ、ここまで巻き込んでおいて、それはないよね！」

「それと君への業務委託契約は既に終了……」

「だからそういうのも無し！　これでも私、生駒さんのこと、色々心配しているんだからね！　その、一人でなんでも背負い込む悪いクセも直しなさい！」

そう言い放つと、生駒さんがちょっと驚いたような顔をして口を噤んでしまった。

「私は東京に戻らないから！」

ダメ押しの後、ややあって、

「……勝手にすればいい」

生駒さんは低い声でそう言って、私と目を合わせずに部屋から出て行った。

そして、その場に取り残されたのは私と黒髪の女性二人。

「……ええと……」

しまった。後先考えずに啖呵を切ってしまった……。

気まずい空気に視線を彷徨わせていると、いかにも出来るキャリアウーマンといった感じの女性が、微笑を浮かべて言った。

「とりあえず、少し私とお話ししましょうか？　宮守梓さん」

男性警官が運んできてくれた紅茶とクッキーを前に、女性から渡された二枚の名刺を戸惑いながら眺めていた。

一枚目、『茨城県警察　刑事二課　刑事　青柳春乃』というのはまだわかる。だけど、二枚目の、『筑波修験　山伏　青柳春乃』という名刺には困惑を隠せない。というか、山伏が名刺なんて作るんだ……。

その疑問を見透かしたのか、青柳さんはにこりと笑うと、

「事情がわかっている方には名刺をお渡しした方が早いので。私は県警に籍を置く一方、筑波修験の者として、関係各所と調整を行い、隠世に纏わる諸々の問題に対処しています。あと、念のためにお伝えしておきますと、最近は女性でも山伏になれるん

ですよ」

「はあ……」

よくわからないけど、どうやら目の前にいる人が、鳴神先輩の言っていた、生駒さんを呼んだ筑波修験の関係者ということみたいだ。

と、彼女は膝の上で両手を組み、私の目をじっと見つめて言った。

「それで、宮守さんにお伺いしたいんですが、どうして、筑波にいらしたんでしょうか？　生駒さんからは、今回は、同行を指示していない、と伺っていますが」

「えっと、そ、それは……」

改めて聞かれると、どう言えばいいのか、すごく迷ってしまう。

端的に言えば、理由もよくわからずお払い箱にされて、腹が立って追いかけてきた、というちょっと眉を顰めるような説明になってしまうのだけど……。

「そうですね、心配と言いますか……。この前、『きさらぎ駅』で、白無垢を着た男の子と会って以来、生駒さん、なんか少し変で……。それで、大学の先輩に聞いたら、その人は生駒さんの弟さんらしい、ということを知りまして。そして、ここ二週間、筑波では奇妙な事件が起こっていて、それにその人が絡んでいる可能性があるとも聞いて、いてもたってもいられず……」

真剣な表情で聞いてくれている青柳さんに向かって、しどろもどろに説明しているうちに、私の中で不安がどんどん膨らんでいく。

「あのっ……！　青柳さん、教えてください。今、筑波ではなにが起こっているんでしょうか。研究者の人がおかしくなってしまう動画は見たんですが……！」

　彼女が目を細める。

「そうですね。宮守さんがご覧になった映像のように、ここ最近、研究学園都市では、突然、精神に異常を来し、異常な行動を取る人が複数現れています。山伏集団では、隠世に絡む大きな災禍の前兆と見なし、最大限の警戒態勢を取っているところです」

「大きな災禍……、ですか……？」

　今まで生駒さんと一緒に仕事をしてきて、そんな言葉は初めて聞いた。嫌な言葉の響きに、微かに自分の声が震えるのを感じる。

「ええ。宮守さんは『くねくね』という怪異をご存じですか？」

　息を呑んだ。

「……えっと、少しは……。たしか、地方の田んぼに出るという怪異ですよね。白い身体を大きく『くねくね』とくねらせて動く奇妙なもので、それがなんであるかを理解してしまうと、精神に異常を来しちゃうとか。もしかして今回の件も……？」

「その通りです。そして、ご存じの通り、インターネットの掲示板には、各地で目撃された『くねくね』に関する話が多数書き込まれていますが、その中には、『くねくね』を見た者が、新しい『くねくね』になるというものもあります」

「それって、増殖……」

青柳さんは頷いて肯定し、深刻な顔で続けた。

「この二週間の研究学園都市における異常行動は様々なものが観測されています。人に危害を加える者、建物の上から飛び降りる者、建造物に火を点ける者、などなど。そして、彼等には、異常行動を取っている際に、自らの骨を折りながら、身体をくねらせていたという共通点が存在します」

一息置いて、彼女は続けた。

「筑波修験は、この学園都市周辺に『くねくね』の怪異が発生し、それを見た人が続発していると判断、現在緊急で対処に動いているというわけです。報道管制は敷いていますが、ネットで噂になるのも時間の問題ですから、急がなければいけません」

「ちょ、ちょっと待ってください……！　『くねくね』って、地方の田んぼとかに出るんですよね？　でも、ここは最先端の研究学園都市で……」

「ええ。その通りです。ただ、宮守さんもこちらにいらっしゃるときに気付いたかと思います。この学園都市の立地の特殊性について」

「あ……」

つくばエクスプレスの車内やバスの中から見えたものは、一面に広がる田んぼだった。

青柳さんがタブレットを取り出して、テーブルの上に置く。そこに表示されていたのは、学園都市周辺の地図。中心部には建物が集中しているが、周辺は田んぼだらけだ。

「ここは田園の中に作られた、人工都市です。ですから、地方の水田に現れる『くねくね』の怪異が生じてもおかしくはありません。地方の怪異が、人工的に作られた都市を侵食していく、といったところでしょうか」

淡々とした青柳さんの説明に、背筋が寒くなると同時に、一つ、大きな疑問が湧く。

「でも……、なんで、この二週間の間に、そんな事象が増えたんでしょう。この学園都市って、ここ最近、出来たわけじゃないって聞いていますが……」

顎に手を当てて考えたとき、

「……！」

白無垢の少年の姿が、脳裏に思い浮かんだ。

渋谷のホテルで、そして、きさらぎ駅で、私達の前に現れ、『鬼門で待つ』と言い残して姿を消した少年。

そして、生駒さんの行方不明になった弟。

「あの子が、鬼門で待っている、と言ってから、『くねくね』が現れるようになった……」

青柳さんが固い表情で頷いた。

「修験のネットワークでは、今回の件は、生駒久遠が深く関わっていると考えています。現時点では、彼の目的が何かはわかりません。ただ、なんとしてでも早急に彼に接触する必要があります。その目的もあって、筑波修験は生駒永久さんをお呼びしたのです」

なにを言えばいいかわからなかった。

あの少年――久遠さんは、渋谷でも、きさらぎ駅でも、私達のことを助けてくれた。その彼が筑波で待つと言った途端、学園都市で奇妙な怪異が発生しはじめたというのは、一体どういうことだろう。

そのことを青柳さんに聞こうとしたとき、突然、ドアがノックされた。

「失礼します」

入ってきたのは、さっきお茶菓子を持ってきてくれた、男性の警察官。

眉間に皺を寄せ、少し緊張した面持ちで言う。

「青柳さん、実はちょっと困ったことになりまして……」

「もしかして、明日の『ご訪問』の件でしょうか？」

「ええ。公安を通じて、先方には延期の打診をしたんですが、当人はいつも通り頑なで聞き入れてはくれないそうでして」

「困ったものですね」

青柳さんが額に掌を当てて溜息混じりに言った。

「訪問？」

私の疑問を察した青柳さんが説明してくれる。

「与党の幹事長が明日、研究学園都市に来て、複数の研究機関を訪問するということです。当然、私達としては、この状況ですので訪問延期を強く要望したのですが、聞き入れてくださらなかったというわけです」

男性警官が付け加える。

「不測の事態に備えて警備をするのが警察の仕事だろう、と叱り飛ばされた次第でして」

「ええ……」

さすがに私も言葉を失う。『くねくね』は直接見ることが、危険な怪異だという。

ということは、そういう場に偉い人が来ることは普通、避けなくちゃいけない……。

「仕方が無いですね。我々としては、幹事長が怪異に遭遇しないように、最大限の手筈を整えます。追ってご連絡しますので、人員の手配だけお願いいたします」

「承知しました」

男性警官が急いで部屋を出て行くと、青柳さんが眉間に皺を寄せながら言った。

「そういうことで、悪いことは重なるものですね。明日のために、現在、生駒さんにお願いしているデータ解析作業について、今晩中に終わらせていただく必要が出てきました」

「あの……！　青柳さん！」

私は身を乗り出した。

「なんでしょう？」

「私を生駒さんのもとに連れて行ってくれませんか？　迷惑がられるのはわかっていますが、手伝いたくて！」

青柳さんが少し驚いたように私の顔を見て、それから、顎に手を当てて言った。

「実はその件ですが、生駒さんからは事前に、宮守さんが東京に戻るよう説得してほしいと言われていたんです。特に今回は身内の問題だから、とそうおっしゃっていて」

「やっぱり、そうですか……。人を振り回すだけ振り回しておいて、最後にポイ捨てとはいい度胸よね。ふふふ……」

改めて怒りがこみ上げてきて、両拳をわなわなと震わせる私を見て、青柳さんが少し慌てたように言った。

「と、とはいえ、修験としては、験者（げんじゃ）と憑坐（よりまし）は常に一緒に行動すべきだと考えていますし、当の生駒さんも、つい今し方、『好きにしていい』とおっしゃったわけですので、その件は問題ありません。むしろ、ご協力に感謝申し上げます」

相手が頭を下げるのに、私はハッ、と我に返ると、

「あ、いえ！　こちらこそ、すみません！　なんか色々ご迷惑をおかけして……」

慌てて、赤べこ人形のように頭をぺこぺこ下げる。

「それでは諸々調整して参りますので、少々こちらでお待ちください」

そう言って青柳さんが部屋から出て行くのを見届けると、私は無意識のうちに大きく溜息を吐いてしまった。

3

夕方、青柳さんが運転する車で、生駒さんがいるという大学のゲストハウスに向かっているときだった。幹線道路沿いの住宅団地を通りかかったとき、車のスピードを落としながら、青柳さんが言った。

「あそこの壁に文字が浮き出ているの、わかりますか?」

彼女が指さしたのは夕陽に照らされた鉄筋コンクリート製の団地の壁。

「……姉……さん……?」

見上げると、壁に入ったひび割れが、はっきりと『姉さん』という文字に読める。

「ええ。筑波を代表する有名な怪異です。道路を挟んだ反対側にファミリーレストランがありますよね。そこにいたお姉さんのもとへ行こうと道路に飛び出した男の子が車にはねられてしまい、その最後の言葉がひび割れになって現れたというものです。何度塗り直しても、しばらくするとまた現れると言われています」

私は寒気を感じ、身体を両手で掻き抱く。

「他にもあります。つくば総合大学の学生宿舎では、窓から『星を見る少女』が現れるといいます。それはかつて、宿舎の窓際で首つり自殺した女学生とのことです。また、大学構内のけやきの木々の幹には、夜になると目玉が浮かぶと言われています。このように筑波は他の土地に比べて、怪異が狭い範囲に集中しているという特徴があります。宮守さん、その理由はわかりますか？」

私は鳴神先輩に教わったことを思い出す。

「東京の鬼門だから……、ですよね？　他の場所よりも、隠世と現世の境界が揺らいでいるということでしょうか」

徳川家康は筑波山を鬼門の守護として崇めていたものの、それでも、天狗党の乱は起こった。そのくらい、筑波は隠世の影響が強いということらしい。

「はい。……ですが、それだけではありません。この四十年、筑波における怪異の数は急増しています。私達、筑波修験が辛うじて抑えこんでいる状況なのです」

「それって、どういうことでしょうか？」

青柳さんはハンドルを握る手に力を込めた。

「研究学園都市が作られたからです。農村の中に、東京が持つ首都機能の移転を目的に人工都市が造られた。それは、陰からすれば、陽が己の領域に踏み込んできたように見えた、というべきでしょうか」

私はハッ、とする。

「陰と陽のバランスが崩れたということ……、でしょうか？」

「その通りです。勿論、学園都市が造られるのを修験として指をくわえて見ていたわけではありません。地元の反対運動にも関わらず、計画は覆せないとわかった段階から、政府内のルートを使って次善の策を打つことになりました。それが、日本民俗学の一大研究拠点であり、筑波修験とも関係が深かった研究者が多数在籍していた、かつての東京総合教育大学の筑波への移転です」

車が交差点にさしかかる。ちょうど、つくば総合大学東門の門柱があり、『ここより大学構内。速度落とせ』という看板が立てられていた。

「東京帝国高等師範学校をルーツに持つ教育大の筑波移転と研究者達の協力により、都市計画の中に方位の四神──すなわち、青龍、白虎、朱雀（すざく）、玄武に対応した四つの門や、修験の拠点の配置を行い、陰と陽のバランスが大きく崩れることは回避出来ました。それでも隠世から染み出てくるものを完全に防ぐことは出来ず、その結果が怪異として現れているということです」

「…………」

私は窓の外を見る。車は夕暮れ時の街路樹に覆われて薄暗くなった、キャンパス内道路を走っていく。

　大学の研究者が修験に協力している、というくだりで思い出したことがあった。

それは、法治大学の研究室で見つけた書籍の著者であり、生駒さんの母親である、つくば総合大学社会学部民俗学科准教授の生駒由香里さんのこと。生駒さんによると由香里さんは、行方不明になったままだという。実際、大学のサイトでその名前を検索しても出てこなかった。なにがあったのかは、生駒さんは未だに教えてくれていない。

　そんなことを考えているうちに、やがて車はゲストハウス棟へと到着した。

「こちらですね」

　車から降りると目の前に、横に長い三階建ての建物があった。

　ビジネスホテルのような小綺麗なエントランスを通り、エレベータで三階に向かう。

　そして、廊下の奥にある三一二号室のインターフォンを青柳さんが押してしばらくすると、中から無愛想な表情の生駒さんが出て来た。一瞬だけ私を見るものの、すぐに青柳さんに視線を移す。

「お疲れさまです。宮守さんをお連れしました」

「お手数をおかけしました。データの解析結果については、夜には一報を入れますので」

淡々とそう言うと、私には目もくれずに、すぐに室内に戻ってしまった。

それから署に戻るという青柳さんは、少し困ったような顔になって、私の耳元で囁く。

「宮守さん、生駒さんのことをよろしくお願いします。無茶しないように、見張っていていただけますか」

「はい………」

一瞬、戸惑ったものの、青柳さんのお願いの前に、私は頷くほかなかった。

部屋の中は、大学の施設というよりは、ちょっと立派なマンションの一室という感じ。広いダイニングキッチンとリビングに、個室も二つ、ついている。とはいえ、家具の類いがほとんど置かれておらず、なんだか殺風景だ。青柳さんによると、大学がこのゲストハウスを作ったときに、筑波修験のために特別に用意した部屋だということだった。

生駒さんはリビングに置かれたソファに座り、私の方には目もくれずに、膝の上に置いたタブレットPCに向かっていた。

心なしか、顔色が悪いような気がする。やっぱり体調は良くなさそうだ。

「ええと……」

勢いで生駒さんの滞在拠点まで押しかけたものの、正直、気まずい。

とりあえずどこかに座ろうかとも思ったけど、キッチンの椅子に座るのも微妙だし、かといって、生駒さんの真向かいに座るのも気が引ける。

静かな部屋の中、生駒さんがキーボードを叩く音だけが響く。

いやいや。とはいえ、このままじゃ駄目だよね。

私は意を決して、生駒さんの傍に立って言った。

「あのさっ！　ミーティングしたいんだけど！」

「………」

少しの間があって、生駒さんは顔を上げることなく言う。

「普段慣れない者が、横文字を使うと非常に滑稽に聞こえるな。普通に打ち合わせ、いや、話をしたい、と言う方がいい」

は……、腹が立つ！

「私は、ミーティングが、したいんだけど」

あえてもう一度言うと、生駒さんはキーボードを叩く手を止め、顔を上げて言った。

「わかった。五分以内であれば、君のために時間を使える。一分あたり約一千六百六十六円の損失だがな」

「いい加減、その時間をお金に換算するクセは止めた方がいいと思う」

「打ち合わせを終えてもいいか」

「今晩以降の行動予定について教えて。偉い政治家さんを守る対策をするんでしょ。なにか私が手伝えることはあるの？」

「それを教えることは出来ない。何故なら君との守秘義務契約は終了しているからだ」

ふうん。そっちがそうくるなら……。

「なるほど。それじゃ、こういうのは？　生駒さんはあくまで独り言を言っただけ。私は偶然それを耳にして、勝手に行動しただけ。これなら契約とか関係無いよね？」

生駒さんが眉をぴくりと動かした。

「山伏にとって巫女は所詮、道具。その道具が勝手に動いてくれるんだから、山伏としてはメリットしかないでしょ？」

少し自慢げに胸を張ると、生駒さんは顎に手を当てて言った。

「なるほど。君もそういう、ずるい言い方が出来るようになったか」

「誰かさんのお陰でね」

そして、私は一呼吸置いて、意を決して言った。

「それに、久遠さんを探すのであれば、私がいた方が断然いいと思う。何故なら、あの子は過去二回、生駒さんより先に、私の前に現れたから」

生駒さんの瞳が微かに揺れた。

「久遠さんとの間に昔、なにがあったのかは、知らない。気が向いたらちゃんと教えてほしいと思っている。でも、今は、私は生駒さんのことが心配で仕方無いの。一人で全部、抱え込まないでほしいよ。体調だって良くないのに。もし、生駒さんになにかあったら、私、すごく、寝覚めが悪い」

時が止まったかのように、長い沈黙が落ちた。

外から車の走る音が聞こえてくる。

握った掌に汗が滲む。

ややあって、溜息混じりに生駒さんが答えた。

「正直なところ、君をこの件に巻き込みたくはない。今回ばかりは、身の安全が保証出来ないからだ。ただ、久遠を探すのに、君がいた方が都合がいいというのは確かだし、率直に言って、ありがたいとも思っている。……なお、これは僕の独り言だ」

「私も独り言なんだけど、これは私の勝手な行動だから気にしないでほしい。なにかを中途半端にするのは好きじゃないから」

生駒さんは私の目をじっと見つめた後、

「労災の類いは下りないからな。その点は覚悟しておけ」

そう言うと、彼はそっとタブレットPCをテーブルに置いて続けた。

「今、僕が行っていることは、『くねくね』が、明日以降、どこに現れるか、という予測解析だ。もし良かったら手伝ってほしい。あくまで契約外だが」

「…………うん！」

私は大きく頷くと、タブレットPCを覗き込む。

そこにはつくば市の地図が表示されていた。

「ここ二週間の怪異の出現パターンを順番に打ち込み、法則性を見いだすことを目的にしている。怪異の出現する場所を幹事長が来る前に特定出来れば、そこはルートからはずせばいい。……ただ、ここで問題が一つある」

そう言って、生駒さんがテーブルに置かれたクリップ留めされた書類を手に取った。

「これは、この二週間の『くねくね』と呼称される怪異の出現住所を記した書類だ。とはいえ、茨城県警がいまどき、手書きでしか用意していないので非常に困っている。

データ化してくれる人がどこかにいると助かるんだが。デバイスはスマホでも構わない」

「私がやるから！」

書類を受け取ると、スマホでぽちぽちと入力しはじめる。

ざっと二十五件。全て、つくば市周辺の住所が記載されている。

事故内容も書かれていて、ほとんどが飛び出しによる交通事故だが、中には商業施設や職場での転落事故もある。具体的な光景を思い浮かべないよう、なるべく心を無にして淡々と入力を進める。

「終わったよ」

「それをこちらに転送してほしい」

ファイルを生駒さんが取り込んだ途端、タブレットPCの地図上に赤いピンがずらりと表示された。事故が起こった場所を示しているのだ。

「なんかばらばらだね。別に道路に沿って動いているわけでもないし」

強いて言えば、二週間前に、『くねくね』によるものと思われる被害者が北東に現れた後、日を追うごとに南下しているようにも見えるのだけれど、ここ三日はそれが突然、東向きに方向を変えている。

「とはいえ、君も知っての通り、怪異が現れる場所や時間、すなわち、隠世と現世の狭間(はざま)が生じやすい条件というのはある。場所でいえば、四つ辻、橋のたもと、井戸、隧道、時間でいえば、逢魔が時に丑三つ時。君にもその相関関係を見いだすのを手伝ってもらう」

「わかった」

生駒さんから地図をスマホに転送してもらい、警察の書類を順番に見ていく。

一件目は交通事故。午後二時ごろ、見通しの良い直線道路で、北東に水田が見える場所で起こった。突然、走行中の乗用車が暴走し、沿道のコンビニに突っ込み、救急隊が駆けつけたところ、車の中に閉じ込められた五十代のドライバーは、全身の関節を無理な方向に曲げ、四肢を骨折させ、意識を失った状態で見つかったという。

二件目は建物からの転落事故。昼休み、メーカーの研究施設の三階の廊下を歩いていた三十代の男性研究員が突然、自らの骨を折りながら身体をくねらせ始め、泡を吹いた状態で廊下の窓を割って飛び降りた。

三件目は午後五時。学園都市を通る遊歩道をジョギングしていた六十代の女性が、突然、白目を剝いて身体をくねらせつつ、犬を散歩させている男性に襲いかかった後、歩道脇の大木に突進。警察が駆けつけたときには失神していた。

そうやって順番に見ていくうちに、一時間が経っていた。私はスマホを手に、後ろにうーん、と大きく伸びをする。

生駒さんの方もキーボードを叩きつつ、共通条件を見いだそうとしているが、思うようにいっていないようだ。

外は風が出てきたのか、時折、窓ガラスが鳴っている。天気は下り坂になるって言ってたっけ。

壁時計の針は、午後八時過ぎを示している。あまり時間に余裕は無い。

先程取った出前についてきたペットボトルのお茶を一口飲み、気合いを入れ直して、再びスマホに向き合う。

「……わ」

と、画面全体が水色一色に染まっているのに気付いた。どうやら伸びをしたときに、変なところをいじってしまったらしい。色々な場所をタップしたけど、上手く直らない。

「ああ、もう！　急いでいるのに。生駒さん、これどうなっちゃったのかな？」

「単に川の部分が拡大されているだけだろう。僕は君にスマホ教室をやっているつもりは…………」

生駒さんはそう言いながら突然、黙り込むと、急にパソコンに向き合い、キーボードを勢い良く叩き始める。

「えと……、どうしたの？」

私の問いに答えることなく、画像処理ソフトみたいなものを立ち上げて、ディスプレイの地図上に、別の地図を重ね合わせた。

「なにこれ。文字が全体的に古いんだけど……」

「これは昭和初期の地図だ。そして、今からその一部に加工を施す」

途端、地図の上から右下にかけて、複数の濃い青の線が描き出された。まるで毛細血管みたいだ。枝分かれしていた線が右下にいくにつれて一つの太い線に変わっていく。

「これって……、もしかして、昔の川？」

「そうだ。とはいえ、かつて学園都市の建設に伴って、暗渠（あんきょ）にされたり、埋められたりしたそれらの川は、今現在、地下の『水の流れ』として残っている。そして、この上に、『くねくね』の出現位置を赤い点でプロットする」

「………！」

直後、二十数個の赤い点が地図上に表示された。

しかも、その全てが川を意味する青い線の上に置かれている。

「出現日時も合わせて見ると、『水の流れ』、すなわち、昔の川に沿って出現場所が南下しているのがよくわかる。川そのものが、隠世と現世の境界であることが理由だろう」

生駒さんが、赤い点を人差し指で順番に追っていく。

「川に沿って測ると、一日あたりの移動距離は二百メートルから三百メートルといったところだ。そして、今日の出現場所から推測するに、明日の予想地点は——」

そこで川は二股に分かれていた。南側の水路は破線で表示され、その先には遊水池が描かれている。水害時に水を逃がす仕組みだろう。そして、もう一つの流れは東に蛇行しており、生駒さんの人差し指がそれに沿って移動し、ある広い建物の上で止まった。

そこに書かれていた文字は、

「国立研究開発法人バイオ研究機構……？」

なんだろう、この建物。やたらと広い上に、他の建物からは離れた場所にある。

生駒さんが、青柳さんに連絡を取るつもりなのかテーブルの上に置かれたスマホに手を伸ばしつつ、微かに強張った声で言った。

「ついてないな。BSL―4施設だ。しかも、ご丁寧に、幹事長の訪問予定コースに入れられている」

「びーえす……？」

「感染症に関する最高度安全性が求められる実験施設だ。致死率が八十パーセント以上になるエボラ出血熱や、クリミア・コンゴ出血熱を引きおこすウイルスを取り扱う。決して、万が一のことがあってはならない場所だ」

「……それって……」

声が擦れて、それ以上の言葉は出てこなかった。

生駒さんが青柳さんと電話で話しているのを横目で見ながら、自分の顔から血の気が引いていくのをはっきりと感じる。

ややあって、生駒さんがスマホを置き、微かな溜息とともに言った。

「至急、明日のセンター閉鎖、ならびに視察ルートの変更を依頼した。政治家がごねるだろうが、そこはなんとかしてもらうしかない」

そして、生駒さんは私に顔を向け、

「とはいえ、ちょうど良い具合に人払いが出来た。明日は筑波修験とともに、怪異を隠世に戻すための儀礼を行う」

「……うん」

「改めて言うが、危険な作業だ。その間、君はここで待っていてくれてもいい」

透き通った瞳に見つめられ、私は一瞬どきりとしつつ、首を横に振って言った。

「私は行くよ。久遠さんを探すために」

「…………そうか」

生駒さんの視線が微かに落ちる。その瞳は少し悲しげで、そして、どことなく後悔の色が見えていた。

再び外で強い風が吹き、窓ガラスが揺れた。

それから生駒さんは再び視線を上げる。

「明日は早い。先に風呂に入って休め。ベッドルームは一人で使っていいぞ」

「生駒さんは？」

「僕はソファを使う。まだ仕事があるしな」

生駒さんの思い詰めたような表情が気になりつつ、私はお風呂の準備をするために隣の個室へと向かった。

夜十時過ぎには、部屋の灯りを消して、ベッドに横になった。

扉の向こう側、生駒さんがいるリビングからは、キーボードを叩く音が微かに聞こえてくる。

外の風が強くなってきたらしく、窓ガラスが小さくカタカタと鳴り続けている。道路を頻繁に行き交う車の音に混じって、飛行機の音も聞こえる。

疲れもあって、次第に瞼(まぶた)に重みを感じてきたときだった。

「起きているか」

生駒さんの声が聞こえた。

私はなんだろう、と思いつつ、

「………うん」

と答えたが、思っていたよりもその声は擦れて小さく、生駒さんに聞こえたかどうかはわからない。返事をし直した方がいいかな、と口を開きかけたそのときだった。

不意に扉が開き、生駒さんが部屋に入ってきた。

えっ、という声を飲み込み、私は固く目を瞑る。

生駒さんはベッドの傍まで近付くと、そこで足を止めたようだった。

しばらくの間、沈黙が続いた。

相手に聞こえるんじゃないかと思うくらい、私の心臓の音が大きく響く。

「色々迷ったが――、君には、伝えておく」

一呼吸置いて、生駒さんが言った。

「僕の命は、持ってあと数年だと言われている」

…………………え？

「白血病を発症しているんだ」

一瞬、なにを言われたのか、わからなかった。

頭が真っ白になり、それから、今、聞いたばかりの言葉を頭の中で反芻（はんすう）する。

白血病……？

「君には何度も見苦しいところを見せたから、薄々は気付いていたとは思う」

「…………」

思い起こせば、生駒さんは、ホテルの浴室で立ちくらみを起こしていたし、本社オフィスの廊下でも意識を朦朧とさせていた。体調が悪いんだろうとは思っていた。だけど、そんな重い病気だなんて……。言葉が出てこない。

「そのときが来るまでに、僕は久遠を探し出さなければいけない。久遠は四歳年下の弟でね、僕が十九歳、彼が十五歳のとき、彼は他の山伏と隠世に行って、そして、二度と現世に戻って来ることはなかった」

その口調に、悔恨の色が濃くなる。

「久遠が隠世に消えたのは、僕の責任だ。僕が、久遠の気持ちをわかってやっていれば、彼が隠世にとらわれることはなかったかもしれない」

「どういう、こと……？」

私はつい、目を開き、擦れた声で尋ねてしまった。

薄闇の中で、生駒さんの顔はよく見えなかったけど、どこか寂しそうな瞳だけは光って見えた。

「ああ……。久遠はね、行方不明になった僕らの母親——生駒由香里をずっと探していたんだよ。母が姿を消したのは、この筑波研究学園都市だった」

私は再び息を呑んだ。

「お母さんは、つくば総合大学の先生、だったよね……？」

「ああ。そして君と同じく、巫女でもあった。彼女の役目は、人工都市・筑波において、山伏達とともに東京の鬼門を守ることだった」

さっき、青柳さんは言っていた。つくば総合大学の民俗学研究科は、筑波修験と繋がり、陰陽のバランスを取るために動いている。

「もっとも、僕は母が失踪したときのことをあまりよく覚えていない。何故なら、当時、官僚だった父と、母は別居状態で、久遠は母のもとに、僕は父のもとにそれぞれいたからだ。そして、母の失踪の後、久遠は父と僕と一緒に暮らすようになった」

「………」

「兄弟仲は良かったよ。四歳差というのがちょうど良かったのかな。だけど、久遠はいなくなった母のことがずっと気になっていて、いつも悲しそうな顔をしていた」

久遠さんの気持ちを想像する。一緒に住んでいた母親の行方が突然わからなくなったら、不安で仕方なかっただろう。

「時折、母方の修験関係の人が僕らのもとを訪ねてきては、母が神隠しに遭ったときの状況を色々聞いてきたけど、僕はそれを苦々しく思っていて、久遠には何度も彼等と関わらないように言った。修験に関わるとろくなことがない。僕は母方の血を憎み、修験とは全く関係の無い、ITベンチャーを起業する道に進んでいった。当時、国がやっていた、未踏IT人材発掘制度に選ばれたというのもあったしね」

「そうだったんだ……」

どうして、山伏の家系に生まれた生駒さんがITベンチャーの社長をやっているのか、その理由はこういうことだったのだ。

「そして久遠が十五歳になる頃には、彼はほとんど家に帰ってこなくなっていた。修験者とともに、あちこちの霊山に訪れては、隠世に渡っていた。母を探し求めてね」

「……それに対しても、生駒さんは、やめるように言ったの？」

「ああ。何回か喧嘩にもなったかな。そのうち、久遠は僕から距離を取るようになっていった。僕も起業したてで、毎日が忙しかったこともあり、彼と会うことはほとんどなくなっていた。そして、そんなある日、久遠は隠世に消えた――」

「………」

沈黙が落ちた。外の風は止み、時計の秒針が動く音だけが室内に響く。

相変わらずその表情はよく見えない。だけど、その口調から、生駒さんが当時のことを悔やんでいることはよくわかった。

「どうしてあのとき、久遠を強く止めなかったのか、と何度も思ったよ。気が付いたときには、僕はあれだけ毛嫌いしていたはずの山伏になっていて、自分の会社の技術を使って久遠を探すようになっていた」

自嘲するような、小さな笑い声が漏れた。

「……隠世に消えた母を探しに出た、その子供も隠世に消え、そして、今度はその兄も隠世に赴く、か……。どうしようもなく非合理的かつ非生産的な行動だな。ＣＥＯとしては失格だ」

確かに、と私は思う。

いつも全てにおいて利益と効率を優先させていた生駒さんが、実は弟さんを探すという目的のために動いていたという、そのギャップに戸惑ってしまうわけで。

「ねえ、聞いてもいい？」

「……ああ」

「今は、久遠さんを探すのが目的なんだよね。なのに、どうして、あそこまで会社を大きくしたの？」

社長としての尋常じゃない忙しさは、ぼろぼろの生駒さんの身体に大きな負担を掛けていたはずだ。久遠さんを探すのだって大変なはずなのに、どうして、そんな……。

生駒さんは薄く笑った。

「僕が生きている三年のうちにＩＰＯ……、すなわち株式の上場を果たし、時価総額を大きく上げるためだ」

「……どういうこと？」

「つまり、ディープジオテックは、久遠への遺産なんだ。彼が隠世からこの現世に戻ってきたときに、一人で生きていくことが出来るように」

私はなにも言えなかった。

それから生駒さんはゆっくりと立ち上がり、

「上手くいけば、明日、久遠と会うことが出来るだろう。なにが起こってもいいように、身体を休めておけ」

そう言って、自分の部屋へと戻っていった。

私は薄暗い天井の梁を見つめながら、今さっき、生駒さんから聞いた話を頭の中で繰り返す。生駒さんの病状に、隠世に消えた母親と久遠さん。そして、遺産としての会社。長い間、生駒さんが一人で抱えていた思いについて考えていると、なかなか寝付くことは出来なかった。

4

午前八時、私は巫女装束に着替えて、生駒さんの車の中にいた。この格好をしているのは、少しでも久遠さんに遭う確率を高めるためだ。

車はバイオ研究機構の駐車場に駐められていて、ここからは正門ゲートの様子がよく見えた。出勤してきた職員と思しき人が、閉じられているゲートに戸惑っていると、近付いてきた警備員さんとなにかを話し、驚いたようにその場を離れていく。

周辺には複数のパトカーと警官もいて、緊張感が高まっている。

スマホを手にした運転席の生駒さんが、

「わかりました。ひとまず安心いたしました」

そう言って電話を切ると、後部座席にいる私に淡々と告げた。

「青柳さんからだ。幹事長サイドには、設備の緊急メンテナンスをする必要が生じたということで、施設の一時閉鎖を伝えると同時に、視察ルートの変更を依頼したそうだ」

「良かった……」

生駒さんは助手席に置かれたアタッシュケースを開け、中から呪符や錫杖などの山伏道具を取り出すと、そのうちのいくつかをジャケットの内ポケットに入れる。

……って、今、頭にピンのついた緑色の缶を持っていなかった？　まさか、爆弾とかじゃないよね……？

「怪異の出現予想地点は、ここから南東にある水田だ。確認したタイミングで調伏するよう指示が来ている」

「でも……、それって危なくないの？　それがなんであるかわかった途端に、精神に異常を来すという話だったけど……」

「そうだな。僕は大丈夫だが、君は見ない方がいい。あれは験力が乏しい者が見ると、脳が侵食される類いのものだ。……もっともそれ以前の問題として、君の頭では、あの正体が何であるか理解出来るとも思えないが」

「ねえ、私のこと、馬鹿にしているよね？」

「事実を言ったまでだ」

昨晩の殊勝な態度は一体どこに行ったんだろう。

「……というか、生駒さん自身は大丈夫って言ったけど、もしかして、『くねくね』と遭ったことがあるの？」

「遭ったことがあるとも言えるし、無いとも言える」

「どういう意味よ？」

生駒さんが冷ややかな目で私を見て言った。

「そうなんでもわかりやすさばかりを求めるのは、君が受けた教育が悪かったせいだと思いたいな。……『くねくね』とは、なにかを見ることで、脳が壊れるという概念を現した怪異とも解釈出来るが、その類いの民間伝承はそう珍しいものではない。そして、僕はそういう怪異とは沢山遭ったことがある、ということだ」

わかるようでわからない。

「そういった類いの怪異って、他にどういうものがあるの？」

「有名なものだと、民俗学者・柳田國男が、その著書『故郷七十年』において、彼が十四歳のときに下総で祠に入った石を見た途端、『気が変になりかけた』という経験を書いている。柳田の場合、鵯がたまたま頭上で鳴いたことで我に返ることが出来た。また、君の出身地である岩手では、山の神に遭った者が、気をおかしくしてしまう事例は、柳田や佐々木喜善によって数多く報告されている。

……ここまで説明すれば、言いたいことはわかるだろう」

「いや、わかんないんだけど」

「つまり、神に深く関わることを知ろうとした者は、脳が破壊されるリスクを負う、ということだ」

「あ……」

私は息を呑んだ。

「つまり、『くねくね』っていうのは……」

「神に類する存在、という解釈が成立するな」

全身が粟立った。

「神という概念は確固たる形も存在せず、極めて曖昧なものだ。だから僕はそれに、遭ったことがあるとも、無いとも言える」

それから生駒さんは、スマホを私に手渡しながら言った。

「僕は出現予測地点を監視している。君は電話番をしていてほしい。青柳さんからかかってくる可能性がある。一件、用事を済ませたら、こちらに合流する手筈になっているからな。あと、君は念のため、こちら側は見ないようにしろ」

「…………うん」

私は一瞬、気が引けたものの、水田とは反対側にある正門ゲートの方を向いた。

それから一時間が経った。

閉鎖を知らずに正門ゲートを訪れる関係者はほとんどいなくなり、青空の下、のどかな初夏の空気が流れているように見える。

だけど、私はずっと肌がひりつくような緊張を感じていた。

『くねくね』がいつ出現するかがわからない。

いや、それよりも……。

「ねえ、生駒さん……？」

私は顔を生駒さんの方に向けたくなる気持ちを必死に抑えながら尋ねた。

「なんだ」

「それらしきものは見えた？」

「見つけたら知らせる。気が散るから黙っていろ」

少し、ほっとした。

話しかけないと怖い。時間が経つにつれ、もし、『くねくね』を目撃した生駒さんが正気を失っていたら、という恐怖の方がじわじわ増してきたからだ。

鬱陶しがられるかもしれないけど、これからも定期的に声をかけようと思ったそのときだった。

私の視界の先、正門ゲートの様子がおかしいことに気付いた。ゲートの先に黒塗りの車や警察のバスが数台停まっていて、警備員や警察官が続々とその周りに集まっているのだ。そして、車から降りてきたスーツ姿の男性と、なにやら言い争っている。

明らかに閉鎖を知らずにやってきた今までの職員とは違う。

「生駒さん、あの……！」

と同時に、手元の電話が鳴った。ディスプレイには青柳さんの名前。

「もしもし……」

『あ、宮守さん……!?』

電話の向こうの声は明らかに狼狽えていた。

『幹事長が、そっちに行ったの……！　やっぱりセンターの視察は延期出来ないってごねて！　警察(うち)も押し切られて！』

「……え？」

私が再び窓の外に視線を向けると、ちょうどゲートが開かれていくところだった。

『こっちの仕事を片付けたら、私もすぐに行くから！　それまで時間稼ぎをお願い！』

「そ、そんなこと言われても……！」

電話は切れた。

私は約束も忘れて、生駒さんの方を向いて言った。

「生駒さん、どうしよう！　視察の取りやめは出来ないって……！」

だけど、生駒さんは、内ポケットから取り出した呪符を手に、険しい表情で水田の方を睨み付けていた。

私も生駒さんが見ている方に視線を向けてハッとした。

いつの間にか水田から駐車場の端の辺りまで、黒い靄が立ちこめていた。

途端、ごう、と強い風が吹き、車が揺れた。

一瞬、なにかが腐ったような、強烈な生臭い匂いが鼻をつく。

ややあって、黒い靄の中に、夏に立ち上る雲のような、それでいて人の形をした、なにかがあった。

それは、両腕のようなものを上に掲げると、身体を大きく左右にくねらせ始める。

もしかして、あれが……。

「見るな!!」

鋭い声にハッと我に返り、私は慌てて背中を向ける。

「対処してくる。いいか、ここから動くな！」

護身の真言を唱えるなり、生駒さんは錫杖を手にし、車の外に飛び出していった。

一方、一人、車内に残された私はどうすればいいかわからない。

目の前では、幹事長と思しき老人が車から降りてきて、白衣を着たセンターの偉い人の案内を受けながら、警護のSP達と一緒に施設の方向へと移動していく。

彼等を乗せていた車は、正門近くの駐車スペースに、整然と駐められていく。

万一、あの人たちが『くねくね』を見てしまったら。

どうしよう。止めなきゃ！　……でも、一体、どうやって？　生駒さんは車から出ちゃいけないって言っているし……。

私がドアノブに手をかけたまま、躊躇っていたそのときだった。

視界の隅になにか白いものが見えた。

びくりとして、そして、次の瞬間、息を呑んだ。

白無垢を着て、長い髪を後ろで一つに縛った少年が、建物の傍に立ってこちらをじっと見つめている。その瞳には何故か、悲しみの色が湛(たた)えられていた。

「えと……、久遠さん……？」

目を擦った直後、彼はその場から姿を消していた。

迷っている暇は無い。

私はドアを押し開いて外に飛び出し、久遠さんがいた場所まで行って、辺りを見渡す。

一体、どこに行ったんだろう。

そのときだった。

建物の角の向こうから、人の声がした。

「……すみません。どういうわけか、正面口の警備システムの解除が出来ず……。職員通用口の方に回っていただく必要があります」

「全く、一体どうなっているんだね。急な設備点検の話といい、不具合といい、国家の重要施設のわりには管理がずさんではないかね？」

「も、申し訳ありません……」

それに続いて、複数の足音が聞こえてくる。

まさか、建物の奥を通って回り込んできたの……⁉

どうしよう、こっちに来る……！

駐車場で私一人が立っていたら不審者以外のなにものでもない。

一旦、車に戻った方がいいのかな⁉　でも……！

まごついていると、ふと自分の両足首に、黒い靄がまとわりついているのに気付いた。

「ひゃっ……⁉」

カエルみたいに飛び上がり、身体をひねったところで、不意に視界の隅に生駒さんの姿が映った。

黒い靄の中、渦を巻いた風の中に、生駒さんが立っている。両目を瞑り、右手に錫杖を構え、印を結んだ左手を胸の前に掲げ、口の中で真言を唱えている。

その先にちらりと白いものが見え、私は慌てて視線を元に戻す。

『くねくね』の調伏が上手くいっているのかどうかはわからない。

だけど、今、この状況で私がやれることは……！

私は両拳を握りしめて走り出し、建物の角を曲がる。

「こっちに来ちゃダメです!!」

両手を横に広げて叫んだ私の目の前で、十人近くの大人達が、ぎょっとしたように一斉に立ち止まった。そりゃそうだ。いきなり、目の前に巫女が飛び出してきたんだから。

SPが、幹事長と思しきおじいさんを守るように立ちふさがる。

「なんだね、君は……！」

「お願いです！　危ないので、ここで引き返してくださいっ！」

「君、そこをどきなさい」

SPが二人近付いてきて、私の肩と腕を押さえつけようとする。

必死に抗（あらが）いながら、

「青柳さん……、青柳刑事が知っています！　連絡はいっていませんか!?」

SPが互いに顔を見合わせる。

「青柳……？　ああ、茨城県警の……」

「そういえば、なんか連絡があったらしいが、詳しくは聞いてないな」

そう言うと、SPの一人が私の腕を強く押さえた。

「君、事情は後で聞くから、一緒に来てくれるかな」

「それはダメです！」

腕から逃れようともがくが、当然、私の力なんかじゃ振りほどけるわけもない。

「さ、幹事長、行きましょう」

白衣を着たセンターのお偉いさんが顔を引き攣らせながら、ダブルのスーツのおじいさんを先導して、建物の角を曲がろうとする。

「……待って！」

そのときだった。

――ドンッ！

鈍い衝撃音が響き、地面が揺れた。建物のガラスがびりびりと音を立てる。

直後、建物の陰から、なにかが――人が吹き飛ばされてきて、背中から地面に叩き付けられた。

「……い、生駒さん!?」

SPの人達が驚いて手を緩めたすきをつき、私は生駒さんのもとに走り寄る。

受け身を取っていたらしく、生駒さんはすぐに立ち上がると、服の汚れを払いながら私を見て顔をしかめた。

「なんで車の外に出た？」

「そんなこと言っても、久遠さんが現れて……！」

「………っ！」

生駒さんが、驚いたように目を見開き、言葉に詰まった。

けれどそれも、一瞬のことですぐに目を細め、

「……お説教は後だ。とりあえず今は、その危機感ゼロの連中を遠ざけろ」

「いや、だからそれ、さっきからやろうとしているんだけど！」

そこに体格の良いＳＰが近付いてきた。

「なんなんだね、さっきから君達は！　このままだと公務執行妨害になるぞ！」

そう言った瞬間、その腕があらぬ方に折れ曲がった。

ぼきり、ぼきり、と骨の折れる鈍い音が響くのに続いて、男の目がくるん、と裏返り、白目を剝く。

「………っ⁉」

私は言葉を失い、その場に立ちすくむ。

「な、なんだあれ……！」

「なにか、いるぞ……！」

一方、他の人達は異常を来した男には気付かずに、私の背後のもの──『くねくね』を指さしながら、口々に戸惑いの声をあげた。

「見ちゃ……、だめ……！」

制止する私の声は擦れて、周りの人には聞こえない。

ふと気付くと、私の首に、身体をくねらせるＳＰの人の手がかけられようとしていた。

直後、男の身体がくずおれ、その場に倒れ込む。

生駒さんが咄嗟に私の前に進み出て、足払いをかけたのだ。

「ぼうっとするな！」

そして、彼はジャケットの内ポケットから、緑色をした筒状のものを取り出すと『くねくね』に向かって二本続けて投げつけた。

途端、筒の先端から勢い良く紫色の煙が吹き出し、みるみるうちに視界が紫色に染まり、くねくねの姿が煙の中に隠される。

そっか……！　これならしばらくの間、幹事長やＳＰ達が、直接くねくねを見てしまうことを防げる……！

「なんだ⁉」

「なにが起こったんだ⁉」

ＳＰ達が幹事長を守るように上から覆い被さる一方、私達に向かって銃のようなものを突きつけてくる。

「ひゃっ……⁉」

私は思わず両手を挙げる。こんなことをしている場合じゃないのに……！

「こいつら、面倒だな……」

生駒さんが眉間に皺を寄せて呟くのと、彼等の後ろからエンジン音が聞こえたのはほぼ同時だった。視線を向けると、青地に白の線が入った警察バスが、蛇行しながらこちらに迫ってくるのが視界に入った。

運転席に座っているドライバーの顔が一瞬目に入った。

白目を剝き、口の端から泡を吹き、ハンドルから離された両腕はあらぬ方向に曲げられている。

「お、おい……！　に、逃げろっ！」

泡を食った人々が四方八方に散る。

そして、バスは大きく右側に向きを変えると、バイオセンターの通用口へと突っ込んだ。ガラスの砕け散る盛大な衝撃音とともに、車体の下から火の手が上がり、火災報知器がけたたましく鳴り始める。

「まずいぞ！」

「火を消せっ!!」

現場はパニックに陥り、警備員達が消火器を探して走り回る。

私もまた消火作業に参加しようと走り出したとき、バスを追うように一台の大型バイクがこちらに向かって走ってきて、私達の前で後輪をスライディングさせて止まった。

「遅くなってすみません!!」

ヘルメットを脱いだその下から現れた顔は、

「青柳さんっ!?」

「状況を教えてください！」

生駒さんが錫杖の先端を、煙幕の向こうにいる『くねくね』に向けて言った。

「見ての通りです。怪異の影響を受けて脳が破壊された者が二名。うち一名は対処しましたが、もう一人の運転する車両がバイオセンターに突っ込んだ上、当人はセンター内に侵入した可能性があります」

「わかりました。車両火災は私で対応します。あと、例の件は処置しておきましたので、生駒さんは怪異の方をお願いします！」

そう言うなり、青柳さんは炎に包まれるバスへと走っていく。

一方で、幹事長は既にどこかに退避したらしく、その姿は見当たらない。

そして、先程、生駒さんが投げつけた円筒から吹き出す紫煙は、次第に薄くなってきていて、煙の向こうに見える白いもの……、くねくねが薄ぼんやりと立っているのが見えてくる。魚が腐ったような、生臭い匂いが再び強くなる。

「い、生駒さん、どうしよう！　紫の煙が、もう……！」

このままだと、集まっている人達がまた、くねくねを見てしまう……！

「わかっている。いちいち騒ぐな」

「だったら、早く……！」

だけど、生駒さんは何故か錫杖を私に手渡すと、胸ポケットから取り出したスマホを右手に持ち、高速で英語の文字を打ち込みはじめた。

そうこうしているうちに、くねくねがこちらに引き寄せられるように近付いてくる。

「生駒さん……！」

くねくねが、水田のあぜ道を越えたそのとき、突然、生駒さんが液晶画面を勢い良くタップし、それを宙に掲げた。

小さな地震なのか、地面が微かに揺れた。

「えと……、なに、どうしたの……？」

私が戸惑っている一方で、くねくねの動きが目に見えて鈍くなりはじめた。くねらせる腕の動きが緩慢になり、歩みを止める。

「無事に認証されたようだな」

「認証……？　生駒さん、なにをどうしたの？」

生駒さんがスマホを胸ポケットにしまいながら言う。

「地下の水門を閉じた。あれは水の流れに沿って下ってきている。ならば、急に水の流れを絶てばどうなるかは自明のことだろう」

「水門……？　水の流れを絶つ……？　……って、あ!!」

瞬間、昨晩タブレットＰＣで見た地図が思い出された。ここから少し上流の場所で水路は二股に分かれていて、もう一方の水路は、確か遊水池へと繋がっていた。

「そうだ。青柳さんに依頼し、河川事務所と交渉の上、水門管理用の特権ＩＤを入手したというわけだ」

上流の水門を閉じた以上、間もなく、この地面の下を流れる水は無くなる。それは、怪異の力を急速に奪うことになる。

生駒さんは、ちらりと腕時計に目をやり、私に預けていた錫杖を手に取ると、

「そろそろ良い頃合いだろう。梓、僕がいいと言うまで、目を瞑っていろ」

私はぎゅっ、と目を固く閉じる。闇に覆われた視界の中、心臓が早鐘のように鳴る。

生駒さんが地面を蹴って駆け出す気配がした。

直後、錫杖がなにか硬い物にぶつかるような金属音が響き渡った。

目を開けて生駒さんの無事を確認したい。だけど、ここは生駒さんを信じるしかない。

周囲に漂う匂いが更に濃くなった。

——うぉぉぉぉぉん………

同時に、腹の底から響くような低い音が、周囲の空気を、大地を激しく震わせた。

これって、もしかして、くねくねの声……?

私の全身が総毛立つ。

人でないなにかの声。理解してはいけない存在の、声。

「古来より、神はヒトにとって、仇(あだ)を為(な)す存在となることも多い」

シャン、と鈴が鳴った。

「神である以上、その存在を滅することは出来ない。ただ、我等修験の者に出来ることは、隠世にお帰りいただくことのみ」

再び、シャンと強く錫杖が一回強く鳴らされる。

生駒さんの紡ぐ真言の直後、ごう、と強い風が吹いた。

一瞬、私の身体が浮き上がりかけ、慌てて地面にうつ伏せになる。

轟音（ごうおん）を伴う突風はいつ止むともわからずに続き、やがて唐突に止んだ。

「……もう目を開けていいぞ」

生駒さんの声に、恐る恐る目を開くと、さっきまで辺りを覆っていた紫煙は綺麗さっぱり消え去っていた。そして、周囲をいくら見回しても、くねくねの姿も無い。

ただ、建物の方には、通用口に突っ込んだ状態の黒焦げのバスの残骸があり、ガソリンの匂いが辺りに漂っている。

少し離れたところに、錫杖を構えた生駒さんが立っているのに気付いた私は、急いで傍に駆け寄る。

「『くねくね』は……？」

「隠世にお帰りいただいた」

だけど、そういう生駒さんの口調には、未だ緊張感が残っていた。

「ただ、まだ安全になったとは言えないがな」

それから、視線を水田の方に向けて、低い声で言った。

「そこにいるんだろ？　久遠。隠れていないで出てこい」

「え……？」

私もまた、生駒さんに合わせて視線を田んぼの方に向ける。

そして一度瞬きした直後、その場に、白無垢を着たあの少年が立っていた。長い黒髪を後ろで束ねた、どこか悲しそうな表情の少年——生駒久遠。

私よりも年上なはずだけど、見た目は中学生くらいに見える。つまりこれって、神隠しに遭ったときから姿が変わっていないということ？　その可能性に思い至り、私はぞっとする。

久遠さんが、私達の方に向かって静かに歩いてきた。

生ぬるい風が吹き、白無垢がはためく。その左腰には脇差の刀を差している。

私は悪寒を感じ、身震いをする。何故か、彼から禍々（まがまが）しさを感じる。

久遠さんは私達から五メートルくらいの場所まで来て立ち止まると、悲しそうな瞳でじっとこちらを見つめてきた。

ええと、どうしよう。こういうときにすることは……。

「あの、私、宮守梓といいます。生駒……、永久さんの会社で働かせてもらっています。今まで色々助けてもらったのに、お礼が遅くなってしまい、ごめんなさい」

そう言って深々とお辞儀をすると、久遠さんは静かに笑った。

続いて私は生駒さんの横顔を見て……、息を吞んだ。

本当なら再会を喜んでもいいはずだというのに、真正面から相手を睨み付けている。

「生駒さん……？」

「久遠、怪異を呼んでいるのはおまえか？」

突然に発せられたその声は、ぞっとするほど冷たかった。

いや、それよりも、今、生駒さん、なんて言った？

怪異を呼ぶ？　久遠さんが？

「ここ数年、現世と隠世の境目がゆらぎ、隠世に纏わる怪異が増えていることに関して、修験はおまえが関係していると考えている。そのことについて、詳細な説明を求める」

ふと、久遠さんの長い睫毛が揺れ、視線が落とされた。

「なるほど……、肯定ということか」

生駒さんは一呼吸置いて、淡々と続けた。

「修験者たる僕は、かつての覡（かんなぎ）である生駒久遠を再び現世に迎え入れるための準備を整えた。具体的には、上場を目前に控えた、時価総額三千五百億円がつけられたベンチャー企業の役員の椅子と株一式だ。これならば、現世に戻っても困ることなく暮らしていけるだろう。ただしそれは、おまえが怪異を呼ぶことを止め、我等が修験の管理下に入るという条件のうえでだ」

久遠さんはしばらく生駒さんの顔を見ていたが、華の蕾（つぼみ）のような唇を開き、小さな、けれど、はっきりとした透き通るような声で言った。

「それは、難しい。むしろ、僕は今日、兄さんを迎えに来た」

「…………え？」

久遠さんの言葉の意味が理解出来ず、私はその場に固まる。

沈黙が降りる。風が吹き、地面に落ちた木々の葉が音を立てて舞っていく。

「そうか……、それなら仕方が無い」

直後、生駒さんが久遠さんに向かって、錫杖を構えた。

それに呼応するかのように、久遠さんが左腰の脇差を抜いて、身体の前で構える。

「ちょ、ちょっと……、二人ともなんのつもり!?」

「生駒久遠、おまえを調伏する」

慌てた私が割って入るよりも、二人が動く方が先だった。

脇差と錫杖が真正面からぶつかり合う。辺りに大きな金属音が響き、火花が飛び散る。

数回の打ち合いの後、二人は得物を重ねたまま、真正面から睨み合う形になるが、身長に利のある生駒さんが、錫杖に身体の重みを乗せ、久遠さんを次第に押し込んでいく。

だが、久遠さんは膝を曲げると、次の瞬間、発条を思わせる反発力で、錫杖を押し払い、そのまま刃を横に薙ぎ払う。

生駒さんが、すんでの所で顔を僅かに後方に反らして刃先を躱すと、返す刀が再び襲いかかる。それをバックステップで躱しつつ、咄嗟に身体を屈めると、久遠さんの懐に入り込み、腹部に右拳を入れた。

久遠さんの顔が微かに歪み、それと同時に二人は後方に飛び退き、距離を取る。

再び錫杖を構えた生駒さんと、刀を上段に構える久遠さん。生駒さんの息が微かにあがっている一方、久遠さんの顔は元の無表情に戻っている。

やっぱり、生駒さん、本調子じゃない……？

間合いを取った二人の睨み合いが続く中、生ぬるい風が止み、空から一つ、二つと雨粒が落ちてきた。遠くから雷の音が聞こえてくる。

止めなくちゃ。理由はよくわからないけど、兄弟でこんなのっておかしいよ！

膠着状態の中、意を決して二人の間へと駆け寄ろうとしたときだった。

突然、生駒さんが胸を押さえ、大きく咳き込み、その場にくずおれた。

「生駒さんっ⁉」

私は無我夢中で生駒さんのもとに駆け寄り、上半身を抱き起こす。

「ちょっと、しっかりしてよ‼」

顔からみるみる血の気が引いていく。発作が起こったのだ。

「梓……、なにやっている。すぐに……、ここから、離れろ……」

苦痛に顔を歪ませながら、頭を持ち上げようとする生駒さん。

「動いちゃだめ！」

呼吸は荒く、意識が急速に遠のいている。

どうしよう……。どうしよう……！

こうなったら、青柳さんに来てもらうしかない。

ポケットからスマホを取り出そうとしたとき、私の首に剣の切っ先が突きつけられた。

刃先の感触に、全身が総毛立つ。

久遠さんは無言で私を見下ろすのみ。

怖い。歯の根が恐怖でがたがたと震える。

それでも私は視線を久遠さんに向けて、その目をきっ、と睨み付けると、

「どうして……、こんなことをするのよっ!!」

自分でもびっくりするくらい大きな声で叫んだ。

「ここは絶対どかないから！」

「………………」

久遠さんは脇差を私の首に突きつけたまま、何も答えずに私を見つめ続ける。

その直後だった。

金属同士がぶつかる甲高い音が響いた。

それとともに、脇差が宙を回転しながら飛んでいった。やや遅れて、地面に落下する乾いた音が響く。

錫杖が脇差を弾き飛ばしたのだ。

「生駒さん……！」

荒い息をつきながら、生駒さんが片膝を立てて起き上がろうとしている。

「無理しちゃだめだよ！」

だけど、生駒さんは、私を身体の陰に入れ、錫杖を手に久遠さんを睨み付ける。

「上に立つ者として、僕は君を守る義務がある」

ぶつかり合う二人の視線。

それからどれくらいの時間が経ったかわからない。

突然、久遠さんは目を伏せると、低く静かな声で言った。

「……この『験者と憑坐』は観察対象にする、ということ……」

まるで他の誰かと話しているかのような奇妙な口ぶり。

私が戸惑っていると、久遠さんは白装束の裾を翻してこちらに背を向けると、落ちた脇差を拾い、黒い靄が立ちこめた田んぼへと向かって歩き始める。

途端、気が抜けたかのように生駒さんの手から錫杖が零れ落ちる。

「生駒さんっ！」

その場にくずおれる生駒さんを、抱き留めながら横にする。

「……だい……、丈夫だ……、少し休む……。それより、久遠を……」

顔からすっかり血の気が引いている。意識も朦朧としているみたいだ。

私は少し迷った末に、

「久遠さんっ！」

立ち去る久遠さんを呼び止めた。

「行かないでよ！　生駒さん、ずっと久遠さんのこと、探していたんだよっ！」

彼は足を止め、ゆっくりこちらを振り向き、そして、どこか憎々しげに言った。

「『願はくはこれを語りて平地人を戦慄せしめよ』」

「…………え？」

「山人は平地人に奪われし、土地を取り戻さん。修験も本来は山人なり」

途端、強い風が吹き、青々とした稲の穂先が大きく波立った。

思わず目を瞑り、そして、風が収まった頃に再び目を開くと、そこにはもう久遠さんの姿は無かった。

「う…………」

生駒さんの呻き声に、私はハッと視線を膝の上に戻す。

「ちょ、ちょっと！　しっかりしてよ……！」

血の気が引いた顔。

早く、助けを呼ばなくちゃ……！

顔を上げて辺りを見回すと、いつの間にか沢山の消防車が集まって建物への放水を始めていることに気付いた。今もまた、サイレンを鳴らしながら、続々と応援の消防車が近付いてくる。

そんな中、顔を煤で真っ黒にした青柳さんがこちらに向かって走ってくるのが見え、私は懸命に手を振って合図をした。

エピローグ

時刻は午後四時を回っていた。午後に一コマだけあった語学の授業を終えた私は、ディープジオテック社の四十五階にあるVIPラウンジにいた。

生駒さんを待つ間に、秘書の一条さんが持って来てくれた季節のスイーツを夢中で平らげて、満足顔でティーカップを口元に運ぼうとしたとき。

「あれ……、いつの間にいたの!?」

向かいのソファに、生駒さんが座っていた。

タブレットPCから顔を上げると、にこりともせずに言う。

「相手が来たことにすら気付かないとは、余程の集中力があると見える。その集中力があれば、ビジネスでも勉学でも、たぐいまれな成果を上げることが出来るだろうな」

相変わらずの口の悪さに、顔が引き攣った。

思わず、すました顔の生駒さんを睨み付けて言う。

「まあ、成果といえば、実際そうだよね。今回の筑波での一件、私、結構、貢献したと思っているし！」

「そうだな。その件に関しては、改めて深く感謝する。ありがとう」

「なっ……」

率直に感謝の言葉が返ってきて、私は動揺する。

「とはいえ、改めて言うまでもないが、今回の件は、僕が業務として依頼したものではなく、君が自分の意志で勝手についてきたものだ。ゆえに、会社として報酬を支払うことは出来ない。君は損をしたな。ビジネスの現場でその脇の甘さは命取りになる」

「別に、私、お金のために動いたんじゃないんだけど！」

どうして相変わらずこういう言い方をするかな……。私は大きく溜息を吐く。

先週まで入院していた生駒さんが、こうやって元気を取り戻したのはうれしいことだけど……。

二週間前、筑波にあるバイオ研究機構で、私達は怪異『くねくね』を退けることに成功したものの、生駒さんの弟・久遠さんとの遭遇で、生駒さんは持病の発作を起こして倒れてしまった。

久遠さんが姿を消した後、私は駆けつけた青柳さんと一緒に、警察の車で生駒さんを病院に運んだ。医師の応急処置を受けて入院となったものの、処置が早かったせいかすぐに回復し、ワーカホリックの生駒さんは、個室の病室を臨時オフィスにして、あちこちに仕事の指示を飛ばし始めた。

念のため、夜間は私が付き添っていたのだけど、「自分がボトルネックになって業務を停滞させるわけにはいかない」という生駒さんは、消灯時間を過ぎても仕事をし続け、結局、私の方が先に寝落ちしてしまうという有様だった。

一方、筑波の事件そのものは、警察や修験の手が先に回ったことにより、バイオセンターにおけるボヤということで片付けられ、ほとんどニュースにならなかった。

筑波に視察に来ていた政治家達については、青柳さんによれば、『くねくね』を見て脳が破壊されてしまった人については、現状、元に戻る見込みが無く、筑波修験が預かって面倒を見るということだった。

幹事長本人は無事だったものの、何故か先週、業界団体からの贈賄疑惑が持ち上がり、連日、マスコミに追いかけられている。生駒さんによれば、『先の自分勝手な行動が、政界の重鎮の怒りを買っただけだ』ということらしい。修験のネットワークは色々なところに張り巡らされているんだろうけど、そんな裏事情を知って、私は正直、怖いのであまり深入りはしたくないな、という思いを新たにした。

そして、一番の問題は、久遠さんだった。昔、神隠しに遭った久遠さんが、現世に戻ってくることなく、何故、怪異を呼び寄せるような真似をしているのか、ということは依然、大きな謎として残っている。

彼が去り際に言った、『願はくはこれを語りて平地人を戦慄せしめよ』という言葉は、生駒さんによれば、民俗学者・柳田國男の書いた『遠野物語』の序文に記された一節だというけど、それをどういう意味で言ったのかはわからない。

山人は平地人に奪われた土地を取り戻す、という意味のことを言っていたような気もしたけど、それに続く、「修験もまた山人だ」という言葉は一体どういうことだろうか。

私の話を聞いたとき、生駒さんは、一瞬、顔を曇らせたものの、すぐにいつもの落ちついた表情に戻り、「すぐにまた、会えるだろう」と返すだけだった。

だけど、と思う。

生駒さんに残された時間は無いのだ。

そのときが来るまでに、久遠さんを連れ戻さなくちゃいけない。そのために、私が出来ることは……。

生駒さんがコーヒーカップをテーブルに置いたところで、私から切り出した。

「それで、今日、私を呼び出したのって、なにか話があるからだよね？」

「ああ。そうだ」

生駒さんが、膝の上で両手を組んで言った。

「改めて、君とビジネスの話がしたい。先般、当社は君との業務委託契約を解除させてもらったが、その件について……」

「改めて契約を結び直したい、ということだよね？」

相手の言葉を遮って、

「大丈夫。さっさと契約書出して。サインするから」

そう言うと、生駒さんが驚いたように微かに目を見開いた。

「いいのか？　元々、君はこの案件に乗り気ではなかったと僕は認識している。それに、この先、今まで以上に危険なことがあるかもしれない。勿論、それなりの報酬は用意しているが……」

「あもうっ！　いいに決まっているじゃん！　ここまで乗りかかった船なんだよ！　久遠さんを現世に連れ戻すの、私も手伝うよ！　生駒さん一人じゃ絶対に無茶するし！」

そして、私は生駒さんの目をまっすぐに見つめながら言った。

「それに、山伏には巫女という道具が必要なんでしょ？」

「……そうか」

生駒さんは一瞬、少し拍子抜けしたような表情を浮かべた後、すぐに真剣な面持ちになって続けた。

「ただ、一点だけ訂正させてほしい。僕にとって、君は道具じゃない」

「なによ？」

「──大切な、パートナーだ」

「…………！」

「君に随分と言われたからな。なんでも一人で抱え込むな、と。だから、パートナーたる君には僕のタスクを共有してもらうことにした」

どきりとした。

勿論、ビジネスパートナーとか、そういうニュアンスなんだろうけど、何故か少しの誇らしさと、気恥ずかしさを感じる。

顔を真っ赤にしながら契約書が表示されたタブレットにサインを入れていると、生駒さんが言った。

「ところで、今日、これから予定は空いているか？」

「うん、大丈夫だけど？」

「たまには外に食事に行こう。海を見ながら三つ星シェフの料理を楽しむのもいいだろう」

「………………へ？」

生駒さんは社内の誰かに電話をかけ始める。

「夜のミーティングについてだが、悪いが急用のためリスケしてくれ。メンバーには謝罪と、埋め合わせをする旨を伝えておいてほしい。急ぎの要件があれば、深夜に処理をするからメッセージを送っておいてくれ」

電話を終えた生駒さんが口元に微笑みを浮かべ、少し悪戯(いたずら)っぽい口調で言った。

「僕のミスでダブルブッキングをしてしまった。今日は君との時間を優先する」

なにを言えばいいかわからず、私は目を瞬かせる。

「さあ、外出の準備をしたまえ」

私は秘書の一条さんの案内で、ウォークインクローゼットへと連れて行かれ、用意されていた薄水色のワンピースに着替えさせられた。


生駒さんの運転する車は、駐車場を出ると、すぐに首都高速に乗った。

遠くに夕陽が沈むのが見える中、ヘッドライトを点けた車の流れに乗って、渋滞も無く快調に走っていく。

助手席から光に彩られた東京の街並みを見ながら、私は次第に緊張してくる。

海の見えるレストランでディナー、って、デートだよね……。

息を呑んで尋ねる。

「あの……、海って、どのあたりに行くの？」

ハンドルを握りながら、生駒さんが少し愉しげな声で答えた。

「お台場だ。三ヶ月前にオープンしたばかりのフレンチだ。僕の知り合いがオーナーをやっていてね。君もきっと気に入るだろう」

そう言って生駒さんは笑みを浮かべる。夕陽に照らされた彫りの深い横顔を見て、私はどきりとし、慌てて視線を前に戻す。

「そ、そう……。楽しみだな！」

脈がどんどん速くなってきて、生駒さんに聞こえてしまわないか不安になる。鼓動を落ちつかせようと、深呼吸をしたときだった。

「そうだ。到着前にこれを読んでおけ」

生駒さんからタブレットを手渡された。

画面に表示されているのは、ずらりと並んだ文字。

「……ん？」

私は首を傾げた。上部に表示された文書のタイトルは、『お台場地区で映るNNN臨時放送について』というもの。

お台場のとあるタワーマンションの一室では、夜中に勝手にテレビが点き、『NNN臨時放送』というタイトルとともに、『明日死ぬ人の一覧』がテロップで流れ、その最後には必ずその部屋の住人の名前が掲載されている、というものだ。住人は近くにあるテレビ局の試験電波かと思ってクレームを入れるが、当然そんなことはなく……。

「……って、ちょっと待ってよ！」

私は顔面蒼白になって生駒さんを見た。

「まさかとは思うけど、これの調査ってわけじゃないよね⁉」

「それ以外になにがある？　わざわざ貴重なビジネスの時間を潰してお台場に行くんだ。食事をしながらクライアントと打ち合わせをし、その後、夜は当該の一室に泊まることになる」

生駒さんは真正面を向いたまま、いつも通り淡々とした口調で言った。

私は口をぱくぱくさせたまま二の句が継げなくなる。

「今日の活躍も期待しているからな、梓」

少しだけ優しい声で言って、生駒さんが私の頭をぽんぽんと叩いてきた。

「はあ……」

私は大きな溜息を吐き、視線をフロントガラスの向こうに向ける。

燃えるような夕焼け空が広がっていた。その中を、飛行機が航空灯を点滅させて上昇していく。

まあ、仕方無いか。さっき、契約更新しちゃったもんね……。

後悔を無理矢理押し殺し、私は膝の上で両手を固く握りしめると、赤く染まったお台場の建物を見据えた。

逢魔が時。隠世と現世の境目に位置する街。不安定な場で、今日もまた新たな怪異が生まれてくる。

私と生駒さんを乗せた車は、境界たる橋――レインボーブリッジを渡り、新たな現場へと向かう。

了

あとがき

こんにちは、水沢あきとです。ここに『CEO生駒永久の「検索してはいけない」ネット怪異譚』をお届けいたします。

本作はネットロア、すなわち、インターネット上で語られる民間伝承をテーマにしています。「きさらぎ駅」や「異界エレベータ」といった、ネットで語られる現代怪異に遭遇した、ITベンチャーの社長と、地方から上京したばかりで巫女の女子大生コンビが、民俗学の視点から考察を巡らせつつ、それらと対峙していく物語を楽しんでいただければ幸いです。

なお、水沢の過去作で、民俗学をテーマにしたものとしては、『彼女と僕の伝奇的学問』シリーズ（メディアワークス文庫刊）があります。よろしければそちらも手に取っていただけますと幸いです。

続いて謝辞です。

本作において、修験道に関する記述などを監修してくださった、天田顕徳先生に深くお礼を申し上げます。なお、作中、通説と異なる創作部分や、誤りがあった場合、全て水沢一人の責によるものです。

表紙イラストを担当してくださった、およ様。かっこいい生駒ＣＥＯに加え、小物にもこだわっていただき、とても嬉(うれ)しかったです。

担当編集の吉岡(よしおか)様、土屋(つちや)様。コロナ禍で制作に大きな制約を受けている中、色々、気を遣っていただき感謝しております。引き続きご指導のほどお願い致します。

その他、編集部の皆様、校閲、デザイナー、営業等、本書に関わってくださった全ての方々にお礼を申し上げます。

最後に、本書を手に取ってくださった読者の皆様へ、最大級の感謝を。皆様のおかげで、水沢は書き続けることが出来ています。

二〇二一年五月　水沢あきと

参考文献

『山岳信仰　日本文化の根底を探る』鈴木正崇著　中公新書　二〇一五年
『修験道小事典』宮家準著　法蔵館　二〇一五年
『日本現代怪異事典』朝里樹著　笠間書院　二〇一八年
「水子供養にみる胎児観の変遷」（『国立歴史民俗博物館研究報告』第二〇五集、所収）鈴木由利子著　二〇一七年

<初出>

本書は書き下ろしです。

この物語はフィクションです。実在の人物・団体等とは一切関係ありません。

メディアワークス文庫

CEO生駒永久の「検索してはいけない」ネット怪異譚
～IT社長はデータで怪異の謎を解く～

水沢あきと

2021年6月25日　初版発行

発行者　青柳昌行
発行　株式会社KADOKAWA
〒102-8177　東京都千代田区富士見2-13-3
0570-002-301（ナビダイヤル）
装丁者　渡辺宏一（有限会社ニイナナニイゴオ）
印刷　株式会社暁印刷
製本　株式会社暁印刷

●お問い合わせ
https://www.kadokawa.co.jp/（「お問い合わせ」へお進みください）
※内容によっては、お答えできない場合があります。
※サポートは日本国内のみとさせていただきます。
※Japanese text only

※定価はカバーに表示してあります。

Printed in Japan
ISBN978-4-04-913335-6 C0193

メディアワークス文庫　https://mwbunko.com/

本書に対するご意見、ご感想をお寄せください。

あて先
〒102-8177　東京都千代田区富士見2-13-3
メディアワークス文庫編集部
「水沢あきと先生」係